Herdando uma Biblioteca

CONSELHO EDITORIAL
Gustavo Piqueira – João Angelo Oliva Neto
José de Paula Ramos Jr. – Lincoln Secco
Luiz Tatit – Marcelino Freire
Marcus Vinicius Mazzari – Marisa Midori Deaecto
Paulo Franchetti – Solange Fiúza
Vagner Camilo

MIGUEL SANCHES NETO

Herdando uma Biblioteca

2ª edição, revista e ampliada

Ateliê Editorial

Copyright © 2020 Miguel Sanches Neto

Direitos reservados e protegidos pela Lei 9.610 de 19 de fevereiro de 1998.
É proibida a reprodução total ou parcial sem autorização,
por escrito, das editoras.

Dados Internacionais de Catalogação na Publicação (CIP)
(Câmara Brasileira do Livro, SP, Brasil)

Sanches Neto, Miguel
Herdando uma Biblioteca / Miguel Sanches Neto. –
2. ed. rev. e ampl. – Cotia, SP: Ateliê Editorial, 2020.

ISBN 978-65-5580-004-3

1. Crônicas brasileiras I. Título.

20-36709 CDD-B869.8

Índices para catálogo sistemático:
1. Crônicas: Literatura brasileira B869.8

Cibele Maria Dias – Bibliotecária – CRB-8/9427

Direitos reservados à

ATELIÊ EDITORIAL
Estrada da Aldeia de Carapicuíba, 897
06709-300 – Granja Viana – Cotia – SP
Tel.: (11) 4702-5915
www.atelie.com.br | contato@atelie.com.br
facebook.com/atelieeditorial | blog.atelie.com.br
instagram.com/atelie_editorial

Printed in Brazil   2020
Foi feito o depósito legal

Toda biblioteca é autobiográfica.
ALBERTO MANGUEL, *A Biblioteca à Noite.*

Sumário

Limpeza Antimofo 11
Herdando uma Biblioteca I 13
Herdando uma Biblioteca II 19
Peregrinação pelas Livrarias 25
O Carteiro e o Leitor 31
Herdando uma Biblioteca III 37
Instruções para Meu Arquiteto 43
Da arte de Apontar Lápis 49
Letras Mecânicas 55
Queimando Livros 61
O Capital Tempo 67
Teoria da Amizade 73
Virgindades 81
Lendo em Trânsito 87
Pequeno Dicionário de Títulos 93
Aprender com o Corpo 101
Formato Leve 107
Bibliotecas Promíscuas 113
Colecionar Livros 119

Da Arte de Ler Jornais................................ 125
Vende-se uma Casa.................................. 131
A Biblioteca Afetiva do Crítico........................ 137
A Biblioteca dos Livros Únicos 143
Egoteca... 147
A Assinatura como Autobiografia 153
Ganhar e Perder Marcadores 159
Os Inimigos da Biblioteca............................ 163
Mudando a Biblioteca................................ 173
Cem Livros que Eu Gostaria de Ter Escrito 177
Prateleira... 185

Limpeza Antimofo

Esta segunda edição de *Herdando uma Biblioteca* é praticamente um outro livro, pois acrescentei ao conjunto inicial as oito crônicas finais. Fora o texto "A Biblioteca Afetiva do Crítico", produzido anos atrás para um jornal, todos os demais foram escritos para figurar nesta obra. Não se trata, portanto, de uma reunião de crônicas dispersas, mas de um projeto com uma unidade temática glosada em pequenos núcleos que se relacionam entre si.

A parte original sofreu várias mudanças, principalmente nos tempos verbais. Falava de amigos no presente, mas a morte de muitos deles me obrigou a usar o pretérito. Mudei opiniões, revi conceitos e arranjei melhor as frases, como quem limpa a casa para receber visitas. Esta é uma casa que ficou fechada por mais de dez anos.

No final, listei cem livros que admiro, numa espécie de resumo de minha biblioteca de contemporâneos e num programa estético.

Vá me desculpando o leitor se, em um canto ou outro, ainda persiste algum cheiro de mofo.

Herdando uma Biblioteca 1

Os primeiros livros que tive nas mãos foram os escolares, o que não chega a ser grande novidade para quem passou a infância no interior do Paraná, região onde importava menos participar da cultura universal do que desbravar uma terra que não dava descanso aos homens. Livro não era artigo muito comum na Peabiru dos anos 1970 e muito menos em minha família, com forte tendência para a vida prática. Analfabeto, meu pai não poderia ter me legado nenhum livro, e morreu antes de eu entrar na escola. Meu padrasto, comerciante pobre e extremamente apegado ao dinheiro, com o primário incompleto, tinha uma relação meramente monetária com o papel.

Para ele, não podíamos fazer mais do que as tarefas escolares em nossos cadernos, cujas folhas numeradas sofriam periódicas inspeções. Os livros didáticos também passavam por seu controle, e ele não admitia rasuras. Talvez por minha incorrigível vocação para o confronto, resolvi enfrentar as iras do censor e fiz um desenho obsceno no livro de Ciências, motivado provavelmente pelas imagens nada atraentes, mas reveladoras, do aparelho reprodutor feminino. Fui descoberto e tive que apagar aqueles traços à tinta, molhando o lado duro da borracha e apertando-a contra a folha.

Livros, para nós, eram instrumentos sagrados de aprendizagem, território em que o prazer não podia se manifestar, nem nas linhas ingênuas de um menino querendo soletrar as belezas do sexo oposto.

E eles não nos pertenciam.

No final do ano, quando os professores irresponsavelmente nos aprovavam, os manuais iam para as mãos de outros alunos, parentes e amigos, que estavam na série abaixo da nossa. Sentados na velha escrivaninha da sala ou na mesa da cozinha, apagávamos todas as lições, agora com a parte clara e macia da borracha, deixando o livro pronto para quem na sequência fosse usá-lo. Não gostava desse serviço, mas era bom receber livros que tinham sobrevivido a dois ou três anos escolares. Por mais bem apagados que estivessem, ficava sempre fácil decodificar a senda das letras no papel. No começo do ano, tínhamos que apresentar para a professora estes didáticos de segunda mão, que possibilitavam outra esperteza. Alguns vinham ainda preenchidos e então apagávamos apenas as primeiras lições, mostrando-as para a professora, que percorria as carteiras, olhar de coruja cansada, sem força e disposição para dobrar a coluna e perder tempo folheando o volume inteiro.

Fim de ano, para mim, era jogar fora meu esforço de aprendizagem, como se tudo não tivesse valor, como se fosse algo descartável. Talvez por isso eu tenha adquirido um preconceito e um hábito: ser contra o saber provisório da escola e banir de minha agenda, anualmente, os nomes das pessoas com quem não me relaciono mais, preparando-me para o novo adventício.

Na hora de fazer desaparecer o trabalho de todo um ano, eu, sempre irritadiço, reclamava. Meu padrasto, num exercício de memória, que era para me tornar humilde, lembrava ter passado os anos de primário com os dois únicos cadernos que comprou, com seu dinheiro de engraxate, ao entrar na escola. Não usava caneta e, quando não havia mais páginas em branco, apagava tudo.

Talvez tenha abandonado a escola pelo fato de os cadernos começarem a se desmanchar.

Ele me contava isso, mas eu não tinha nenhuma crise de humildade. Apenas preguiça de fazer a limpeza dos livros.

Com essa prática, ditada por uma visão utilitarista do material escolar, passei a infância em uma casa sem livros, sempre com a sensação de que eles não me pertenciam. O livro não era espaço em que podia ficar impressa minha marca de possuidor. E a escola acabou figurando, para mim, como lugar vazio e desimportante. Tudo que ela nos transmitia virava pozinho de borracha, sujo de grafite, no fim do ano.

Embora católicos, não tínhamos sequer uma bíblia, porque a religião, em casa, era exercida mais pelo terço. Certo vizinho, dono de uma sorveteria, percebeu esta pobreza de palavras e nos deu uma bíblia de capa preta, que passei a usar como oráculo.

Nos momentos de depressão (descendo de uma linhagem de angustiados), eu lia os versículos em busca de respostas para meus dramas. Fora da escola, era a única tarefa de leitura que exerci até os doze ou treze anos de idade, excetuando alguns minutos gastos com as matérias amareladas dos jornais destinados a embrulhar mercadoria no armazém do padrasto.

A partir de meu contato com a biblioteca pública da cidade, formei-me leitor e, quando saí de casa, levei orgulhosamente algumas dezenas de livros comprados meio escondidos.

Já com uma biblioteca razoável, em 1999, eu estava procurando uma edição da bíblia traduzida por João Ferreira de Almeida, por recomendação de Dalton Trevisan, que diz ser este um dos melhores estilos da língua. Como as edições correntes tinham sido adaptadas, abrandando a linguagem densa do tradutor, eu queria uma antiga. Pedi então para minha mãe ver com suas amigas protestantes se havia algum exemplar disponível. Ela tinha um em casa e me mandou.

Era a bíblia de minha infância, algumas de suas folhas sujas de terra vermelha. Minha vida só podia mesmo tomar vias transversas. Fui um católico que rezou sempre por uma tradução protestante.

Anos atrás, num momento difícil em que passei por complicações de saúde, me agarrei a esta bíblia (não tinha outra), e voltei a usá-la como uma sorte de I-Ching. Na espera de morosos diagnósticos, abri em pânico o volume para ver o que ele podia me dizer. Caiu no Salmo 91, que li, assustado:

Aquele que habita o esconderijo do Altíssimo, à sombra do onipotente descansará [...].
Porque ele te livrará do laço do passarinheiro, e da peste perniciosa [...].
Não temerá espanto noturno, nem seta que voe de dia.
Nem peste que ande na escuridão, nem mortandade que assole ao meio-dia.

Estas palavras me reconfortaram – eu me reencontrava com a religião da infância. Dias depois, em outra crise, usei o mesmo método. E caiu novamente no Salmo 91. Fechei e abri mais uma vez. Na mesma página.

Não era mensagem divina, mas algo mais bonito. Eu estava revivendo os desesperos de minha mãe. Ela, que até hoje não dorme direito, passava horas rezando este salmo e por isso a encadernação estava viciada. Ia dar sempre aquele número.

Mais do que um estilo ou uma crença, este exemplar da Bíblia Sagrada, traduzida em português por João Ferreira de Almeida, me ligava de forma definitiva à incerta tradição de leitura iniciada por minha mãe.

O volume simples e estropiado é a biblioteca familiar que herdei. Sei que não é muita coisa, mas quero continuar a corrente, legando-o para minha filha.

Herdando uma Biblioteca 11

Sempre me pensei como um leitor de biblioteca pública, por mais que quase já não tome livros emprestados desta instituição que foi o primeiro espaço livre que frequentei. Em casa, havia a pressão moralista da ética do trabalho de meu padrasto – a leitura fora das atividades escolares seria uma forma disfarçada de vadiagem, combatida com a fúria de quem ganhava com muito esforço o dinheiro para nossa sobrevivência.

Na escola, ficávamos restritos a conteúdos definidos por pessoas que nos queriam presos à nossa classe social. Os anos escolares, que para mim coincidiram com os da ditadura militar, foram um período marcado pelo desconhecimento – professores passivos, escorados em livros didáticos, um silêncio absoluto em torno dos problemas políticos e uma aceitação da realidade mesquinha. De todas as Disciplinas que frequentei com raiva no ginásio, as duas piores foram "Técnicas Agrícolas" e "Técnicas Caseiras". Na primeira, cultivávamos a horta da Escola Estadual 14 de Dezembro, e as verduras e os legumes obtidos eram utilizados para a sopa servida no intervalo. O objetivo desta disciplina era desenvolver o gosto pelas atividades hortigranjeiras, para que tornássemos produtivos nossos quintais. Cheguei a fazer uma horta em casa e reconheço o lado social deste conteúdo prático, mas me revolto por ter perdido tempo com pás, enxadas, rastelos e regadores, quando minhas mãos sonhavam com outros instrumentos de trabalho – livros e lápis.

O pior, para mim, que careço de coordenação motora fina – não consigo, por mais que tente, dobrar uma camisa –, era fazer os exercícios de "Técnicas Caseiras". Tentaram me ensinar a fabricar chinelos de couro, esculpir bibelôs em barra de sabão e bordar panos de prato. Foi um desastre, e só passei porque minha mãe, hábil costureira, se encarregava das tarefas – para irritação de meu padrasto, que a acusava de estar me estragando.

Nessa escola paralisante, que não queria que fôssemos além das informações medíocres que nos davam em preguiçosas doses homeopáticas, gastei minha infância. Não podia esperar nada dela, pois de mim ela esperava apenas o desempenho-padrão – levantar um canteiro, confeccionar chinelos de couro, decorar a conjugação de alguns verbos –, para que logo eu pudesse assumir meu lugar na cadeia produtiva. Naquela época mais, mas ainda hoje, a escola pública – que agora não cobra minimamente os conteúdos – tinha antes uma função conformadora do que formadora. Ela não desejava elevar culturalmente os alunos pobres, queria apenas dotá-los de habilidades manuais e informações básicas. Tal postura, muito comum nos anos 1970, por causa da política desenvolvimentista, sofreu uma crítica na década seguinte, mas voltou com toda a força em uma escola que prepara trabalhadores para o mercado internacionalizado.

O que os educadores não sabem é que muitos dos alunos continuam querendo uma ultrapassagem cultural de seu mundo e não apenas uma pequena melhoria econômica. Fui um desses pardais que sonhavam com alturas e não com as migalhas caídas no chão. E o lugar onde pude exercer este projeto foi a biblioteca pública. Nela, não havia conteúdos predefinidos, nem o desejo de me moldar.

A partir da sétima série, passei a frequentar a sala de leitura da escola. Uma bibliotecária, que fazia tricô para complementar seu salário, insistia para que eu retirasse os livros, bastava fazer a carteirinha. Eu preferia, no entanto, permanecer na biblioteca, cujo ambiente me transmitia um bem-estar muito grande. Em casa, outras eram as prioridades. Ali, eu estava em contato com grandes homens, fazia-me contemporâneo deles, vivendo uma outra vida, distante daquela que a família e a escola insistentemente me impunham.

Podia eleger o tipo de leitura, e fiz isso sem nenhum método, porque a biblioteca me permitia ser sujeito de minhas escolhas, mesmo que elas recaíssem sobre livros e autores errados. Nunca me senti tão independente como dentro de uma biblioteca pública, percorrendo ao acaso prateleiras e descobrindo livros sobre os quais não tinha nenhuma informação. Se o saber escolar chegava formatado (refletindo preconceitos didáticos), a biblioteca era o espaço livre e não-solicitante. Muitas vezes, eu apenas caminhava entre os livros, vendo capas e deixando passar o tempo.

Poucas pessoas procuravam, sem a necessidade de fazer trabalhos escolares, o pequeno gabinete de leitura de Peabiru. Eu meio que me sentia dono de tudo. Mas só podia realmente possuir tais livros infringindo a lei. Depois de ler um romance de Lima Barreto, veio-me a vontade de ter o autor comigo. E mutilei um exemplar, arrancando a folha com a foto do romancista. Minha namoradinha colecionava pôsteres de atores de novela, e eu também queria ter meus ídolos.

Conquistando a confiança da bibliotecária, consegui roubar alguns livros, entre eles os ensaios de Alceu Amoroso Lima. Olhei a ficha de empréstimo: nunca ninguém o havia retirado. Ele estava ali esperando por mim. O amor aos livros e um sentimento de exclusão me levaram a esse crime, que depois defini como saudável ato de revolta contra a sociedade em que vivia.

Mas eu não estava sozinho nesses delitos do amor.

Na época em que me interessei pelo *haicai* (foram dez anos de leitura, estudo e prática), tentei adquirir a coletânea *A History of Haiku*, de R. H. Blyth, editada em Tóquio. Escrevi cartas, falei com livreiros e com o consulado japonês, mas não consegui os livros – tive que ler os exemplares da biblioteca da Universidade Federal do Paraná. Perguntei um dia a uma pessoa ligada a Paulo Leminski como ele havia conseguido comprar a obra de Blyth.

– Quem disse que foi comprada? Roubamos de uma biblioteca.

Graças a este roubo, a cultura brasileira contou com a grande contribuição de Leminski, que não só divulgou o *haicai* em textos críticos como foi um de seus mais representativos praticantes no Ocidente. Se *A History of Haiku* não estivesse sempre presente em sua biblioteca particular, com certeza este gênero seria mais pobre em nossa cultura.

Hoje não preciso mais roubar aqueles que eram distantes objetos de desejo, gasto boa parte de meu salário em livrarias e sebos e geralmente tenho o que quero, mas quando visito amigos colecionadores sinto vontade de enfiar alguns volumes dentro da calça e sair sorrateiramente. Afanaria, por exemplo, a primeira edição autografada de *Eu*, de Augusto dos Anjos, que vi no apartamento de Alexei Bueno, e todas as primeiras edições de Cruz e Sousa, cuidadosamente encadernadas, que manuseei na casa de Iaponan Soares, em Florianópolis. E também os originais de Cecília Meireles que se encontram com seu neto, Alexandre Carlos Teixeira, guardião da egoteca da avó, de retratos feitos por grandes pintores e de sua minúscula e tentadora máquina de escrever.

Roubar livros que nos solicitam amorosamente é uma forma de herdar à força uma biblioteca que nos foi negada.

Peregrinação pelas Livrarias

Da mesma forma que minha biblioteca particular, minha condição de comprador de livros nasceu sob o signo do crime. Não havia livraria em Peabiru, apenas uma banca de jornal que comercializava as edições mais populares. Aos poucos, quando trabalhava no armazém de meu padrasto, ia separando pequenas notas, guardadas numa caixa de sapato no armário de meu quarto. Com um bolo de cédulas sujas e gastas – negociávamos com agricultores pobres –, fui à banca e comprei meu primeiro livro. E depois mais uns dois ou três, usando sempre o mesmo método. Muito provavelmente pelo fato de os livros serem ruins (o que de bom poderia chegar à banca de Peabiru durante a ditadura?), não li nenhum dos títulos tão dificilmente adquiridos e fiquei com remorso: poderia ter transformado aquele dinheiro em coisas mais aproveitáveis, como sorvetes e salgadinhos.

Os livros ficaram intactos no armário.

Quando entrei no Colégio Agrícola de Campo Mourão – uma espécie de castigo para o menino que detestava as aulas ginasiais de "Técnicas Agrícolas" –, encontrei algumas pessoas também deslocadas, que se sentiam mais próximas dos livros do que da atividade agrária. O colégio tinha um lema ameaçador: aprender a fazer fazendo. Na formatura, ganhei um quadro com a foto de todos os colegas, homenagens a professores e alguns erros gramaticais.

O colégio funcionava numa fazenda, outrora matadouro da prefeitura – e isso era simbólico. Estávamos ali como animais para abate. Acima do colégio, em frente a um campo sem grama, de terra solta, ficava o barracão das máquinas. Colada a ele, uma saleta de paredes de madeira com um pequeno balcão, cheio de livros velhos. Tudo que consegui de interessante lá foi um ensaio em espanhol sobre a cultura do sorgo. Roubei pelo simples prazer de decifrar uma língua que não conhecia.

Não podíamos contar com a biblioteca da escola. Nossos instrumentos de estudo ficavam ao lado dela e eram tratores, arados, semeadeiras, grades niveladoras etc. Passei muitas horas ao lado desses implementos, ouvindo explicações sobre lubrificação, regulagem e manutenção. Nunca aprendi nada, porque elas me vinham em outro idioma, do qual eu fugia.

Alguns amigos possuíam livros de literatura e comecei a ler na solidão de uma paisagem rural, as narinas tomadas pelo cheiro de terra e esterco, o som de animais no pasto e as expectativas de uma vida voltada a afazeres manuais.

Depois de formado, consegui emprego temporário na propriedade de um amigo de meu padrasto. Ia ajudar a passar defensivo agrícola numa roça de algodão, pois os donos estavam intoxicados e não podiam fazer o serviço. Com uma máscara precária, camisa de manga longa, botinas de elástico e um chapéu de abas largas, perdi alguns dias trabalhando num trator. Ao receber o salário, fui a Campo Mourão e entrei, pela primeira vez, em uma livraria de verdade, recentemente aberta na avenida Capitão Índio Bandeira. Ficava em uma galeria, era pequena e tinha uma moça gorda e extremamente bonita atrás do balcão. Eu me senti constrangido quando ela perguntou o que eu queria.

– Livros – eu disse.

Ela riu, perguntando que tipo de livro. Eu não sabia. Minha informação sobre os autores vivos era muito pequena. Na biblioteca de Peabiru, eu só encontrava obras editadas até os anos 1960 – isso devia ter alguma coisa a ver com a ditadura. Ela me mostrou vários autores e me deixou sozinho para atender outro cliente. Comprei então três livros, entre eles um de Fernando Gabeira (eram os anos de abertura política), mas o que mais me fascinou foi um grande e exuberante volume de *A Origem das Espécies*, de Darwin, que estava na vitrine, com um preço na plaqueta, proibitivo para mim. Nunca li este livro. Continua sendo uma das obras que desejo possuir.

Naquela pequena livraria que tinha o modesto nome de Ponto Cultural Cora Coralina, comecei uma nova fase de minha carreira de comprador de livros. A segunda livraria que passei a frequentar, já estudante de letras, foi a Arles, em Londrina. Era ainda um consumidor acanhado, mas já sabia o que pedir no balcão, tinha apenas que administrar a pequena mesada que recebia de minha mãe, um dinheiro vindo de sua atividade de costureira. Agora, os livros de literatura eram material didático.

Foi em Curitiba, no entanto, que transformei as livrarias em lugar de passeio; mais do que isso, de peregrinação. Em época de grande inflação, recém-casado, as dificuldades normais de sobrevivência, desenvolvi uma técnica não muito honesta de poupar dinheiro. Quando desejava um livro, eu o escondia atrás dos outros. Cada volume vinha com etiqueta de preço e, assim, um ou dois meses depois, desvalorização de 40% ao mês, a obra me saía por valor ínfimo. Nem sempre a ansiedade me permitia tal subterfúgio e eu acabava chegando em casa com um livro e não com o que minha mulher tinha encomendado.

Cansado de tanta instabilidade econômica, resolvemos que eu me dedicaria à publicidade. Uma amiga arranjou uma entrevista com uma equipe de *marketing* e recebi algumas tarefas de redação. Fiquei uma semana trabalhando em *slogans*, datilografei tudo em minha Lettera 35, coloquei em um envelope de papel pardo e fui ao encontro dos publicitários. Meu sapato estava todo arrebentado e com furos na sola. A roupa, apesar de velha, guardava alguma dignidade. Com parte do dinheiro destinado a despesas domésticas, eu compraria sapatos novos e os calçaria antes do encontro. Passei pelas lojas da Rua xv, vi sapatos de vários preços e, sem experimentar nenhum, desisti da compra. Entrei numa livraria e gastei o dinheiro com a tradução de *Os Cantos*, de Ezra Pound.

Foi uma defesa.

Eu queria ler e não uma carreira de publicitário. Saí da livraria, rasguei o envelope e joguei os pedacinhos numa lixeira – nunca mais pensei em trabalhar com propaganda. Ainda está viva em minha memória a alegria solitária da leitura de Pound em nosso pequeno apartamento de bairro. Chovia e eu só dava aula à noite. Minha mulher lecionava de dia. Sentado nos almofadões da sala, li em voz alta a épica moderna de Pound.

Livros finos eram lidos em pé na livraria, economizando o dinheiro para aqueles que exigiam mais de mim.

Tornei-me crítico e minha atividade começa quase sempre nestas lojas. Percorro os lançamentos e escolho um, analiso primeiro os detalhes. Se o autor aparece muito formal na pose, recuso seu produto. Se há enxurradas de elogios, idem. Se a diagramação for excessiva, também aborto a compra. Quando um livro de prosa passa por esta inspeção, leio o primeiro parágrafo. Caso me convença, leio o último. E, por fim, procuro ao acaso alguns diálogos no meio do exemplar. Se não soarem falsos, eu adquiro o volume. Com poesia é mais fácil, o mau poema salta quando folheio a coletânea.

Não acredito nos suplementos literários nem em apadrinhamentos. O livro bom deve ser capaz de me atrair em meio aos milhares de volumes que me solicitam nas prateleiras. Trata-se, portanto, de uma tarefa que exige dedicação. É que a atividade crítica, tal como a pratico, começa antes do ato da leitura. Começa na hora da compra, quando um livro me convence a levá-lo.

O Carteiro e o Leitor

Passando a infância no interior, nunca fui uma pessoa que recebesse cartas, pois minhas relações de amizade praticamente não existiam fora do pequeno grupo em que eu circulava. Apenas quando, terminado o Colégio Agrícola, comecei a comprar livros por reembolso postal estabeleci um vínculo com os serviços de correio. Recebia um aviso e na mesma hora corria para a pequena agência de postagem, na Avenida Vila Rica, para pagar as despesas e retirar os volumes. Para quem não tinha nada de seu – dividíamos um pequeno quarto entre três irmãos, eu dormindo na parte de baixo do beliche –, voltar para casa com o embrulho me colocava na prestigiosa categoria dos proprietários. E esta foi uma das raras fontes de alegria numa fase muito conturbada de minha vida.

Cavando o contemporâneo em bibliotecas e jornais do interior, e esta era uma tarefa difícil na improvável Peabiru, passei a me corresponder com escritores distantes, que imprimiam suas obras e as enviavam para quem solicitasse. De vez em quando, recebia, das mãos do carteiro, um pacote e me isolava no fundo do quintal, sob velhas goiabeiras, para abrir o presente e experimentar os primeiros contatos com o livro, geralmente mal impresso e precariamente encadernado. Era uma literatura ruim, que não sobreviveu em minha vida e em minha biblioteca, mas colaborou para manter esta euforia de correspondente que me acompanha desde aqueles tempos.

Com o advento do fax e, depois, da internet – aderi aos dois assim que pude –, muito da emoção da correspondência passou para as máquinas. Não que ela tenha morrido, mas mudou de natureza. No fax, tentava ler o material que estava sendo transmitido antes que o aparelho terminasse a impressão. E o formato contínuo do papel, muitas vezes longo, me dava a sensação de volta ao tempo, quando se escrevia em rolos.

Pelo aparelho de fax me chegou um volume inteiro.

Uma revista de São Paulo havia me encomendado, para o dia seguinte, um texto sobre certa coletânea poética. Morando em Ponta Grossa, não consegui o volume na livraria e o editor teve que xerocá-lo para transmitir pelo aparelho.

Fiz a resenha e depois comprei o livro para tê-lo comigo. Espero fazer uma segunda leitura dele, agora diretamente no exemplar encadernado, e torço para que o meio em que o li não tenha prejudicado minha compreensão.

Mais complicado é o processo de guardar as cartas recebidas por fax – algumas importantes, de gente que já morreu, ficaram numa pasta e depois vi que elas se apagaram completamente. Há uma única forma de preservar um pouco mais este material: digitalizando a cópia da cópia.

Há tempos renunciei ao fax, ultrapassado pela internet, hoje minha principal forma de comunicação. Não consigo começar uma jornada de trabalho sem antes verificar o conteúdo da caixa eletrônica de correio, respondendo o mais breve possível, e gastar alguns minutos nas minhas páginas da rede social, tentando não deixar ninguém sem um retorno imediato. Melhorei meu estilo, ganhando fluência, quando passei a usar *e-mail*, pois ele nos obriga a uma escrita irresponsável e espontânea, feita para um gasto imediato.

Não consegui, no entanto, me entusiasmar com o texto eletrônico. Ler na tela do computador é sempre experiência frustrante, que torna a leitura um ato superficial. Não aderi jamais ao *e-book*, tecnologia que não teve maior sucesso entre nós. Mesmo quando recebo livros por *e-mail*, e isso é muito comum, imprimo tudo e me debruço sobre o papel, preenchendo as margens com comentários.

Para o carteiro ficou a fatia mais pesada de minha correspondência: os pacotes de livro. Em certos dias, recebo três ou mais, o que deve ser um sacrifício para esses profissionais que, junto com os bombeiros, são os funcionários públicos mais bem-vistos pela comunidade.

Sempre me dei bem com os carteiros, e um, que passava em casa na hora em que eu, antes do almoço, bebia no bar da esquina, tornou-se companheiro de copo, embora, profissional responsável, preferisse guaraná.

Nunca entro em casa na hora do almoço e no fim da tarde sem certa ansiedade para saber o que o carteiro me trouxe. Deixo de lado as correspondências bancárias, setor controlado por minha mulher, e as eventuais e raras cartas, para abrir os pacotes enviados por editoras e escritores. Como não resisto ao primeiro contato com o livro, e isso atrasa as refeições em família, uma antiga funcionária nossa começou a guardar as correspondências em armários, para que antes eu pudesse almoçar ou jantar. Só me eram entregues depois. Ao perceber a artimanha, habituei-me a vasculhar a casa ao chegar da rua, o que a obrigou a instituir novamente o sistema antigo, deixando os envelopes sobre a mesa da sala.

Abro os pacotes e já separo em dois lugares diferentes os livros que vou doar e os que vou tentar ler. Muitos do segundo grupo acabam não sendo lidos, sofrendo uma transferência para o outro hemisfério de minha escrivaninha, até que sigam definitivamente para seu destino. Mesmo sabendo que boa parte do que recebo não será incorporada à minha biblioteca interior, não consigo deixar de me emocionar na hora de abrir os envelopes (geralmente os rasgo) e de sacar o livro, esta entidade que armazena a essência do humano.

Sempre quis saber por que os domingos guardam uma tristeza difusa. Talvez seja pelo fato de, ao contrário de sábado, quando ainda existe a possibilidade de uma encomenda rápida, eu nunca receber livros pelo correio neste dia.

Na tentativa de me alegrar, vou a uma livraria de *shopping*.

Herdando uma Biblioteca III

Conversando com colecionadores de livro, fiquei sabendo que a maioria não acredita na possibilidade de sua família cuidar da biblioteca que custou uma vida e muito dinheiro. Também temem a doação a instituições culturais ou de ensino, sujeitas ao descaso de administradores insensíveis. Erich Gemeinder, por exemplo, um bancário que teve uma das melhores bibliotecas de literatura brasileira, vendeu todo seu acervo a um livreiro. Este é o caminho da maioria das obras raras, que volta ao mercado e alimenta um vício que tem salvado muitos títulos do esquecimento. Sempre que se precisa reeditar uma obra desaparecida, o pesquisador acaba recorrendo às coleções particulares – aconteceu isso com Antônio Carlos Secchin, que recentemente recuperou o primeiro opúsculo de Cecília Meireles, *Espectros*.

O mercado ainda é o melhor lugar para as bibliotecas particulares, cujos inimigos mais frequentes são os herdeiros.

Das muitas orfandades que sofri, uma das mais fortes foi não ter herdado uma biblioteca familiar. A escritora americana Anne Fadiman, em seu livro *Ex-libris: Confissões de uma Leitora Comum*, lembra a importância de ter descendido não apenas de pais escritores mas principalmente de uma bem definida biblioteca paterna. Diz ela: "Devem existir escritores cujos pais não possuíam livros, e que buscaram refúgio sob a asa de um vizinho, professor ou bibliotecário, mas nunca encontrei nenhum" (p. 125). Se nós nos conhecêssemos, eu poderia revelar-lhe este espécime tão comum em países pobres: eis aqui um escritor de pais sem livros e sem leitura, que não encontrou vizinho, professor ou bibliotecário para adotá-lo e que frequentou bibliotecas e livrarias com o mesmo sentimento de desamparo das crianças brasileiras que vivem na rua.

Não venho de uma biblioteca paterna, e sim de sua ausência. Tive que buscar a figura do pai em amigos e autores e fiz das afinidades culturais o caminho para esta família, dispersa no tempo e no espaço, que a literatura me deu. Murilo Mendes tratava os grandes artistas do passado como aeroamigos. Para mim, eles foram os aeroancestrais, de quem, num ato de fraude amorosa, me fiz descender.

Quando ouço alguém falar de escritores que me marcaram, sinto um orgulho por saber que tenho em minhas veias literárias um pouquinho deles.

Visitando a casa de Horacio Quiroga, em San Ignacio, Argentina, me vi acolhido na morada de um antepassado, a quem me liguei pelo parentesco da leitura incorporadora.

Mas há outras formas mais concretas de estabelecer este parentesco.

O vício de frequentar sebos não é em mim uma compulsão de colecionador. Ele faz parte do processo falsificador de minha ascendência. Percorro os sebos em busca de livros que possam me fazer participar de uma biblioteca que não tive.

No final de sua vida, depois de ter se separado de Alice Ruiz, e sem residência fixa, Paulo Leminski vendeu grande parte de sua biblioteca. Numa visita ao Sebo Osório, comprei exemplares dedicados a Leminski. Assim, acabei herdando um átomo da biblioteca deste poeta tão importante em minha formação. Foi sua poesia, com seus conceitos e preconceitos, que me abriu as portas da lírica contemporânea, e serei sempre devedor ao poeta, que se faz presente em minha biblioteca não só por meio de seus livros, dos livros que me levou a comprar – como *Os Cantos*, de Pound –, mas também por algumas peças de sua coleção, que, depois de dispersa, deve estar infiltrada na prateleira de dezenas de leitores e escritores que não o conheceram pessoalmente.

Quando a família de Temístocles Linhares vendeu sua biblioteca a um sebo de Curitiba, bibliófilos do Brasil todo vieram garimpar as obras mais raras. Cheguei numa segunda leva, em posição condizente com minha disponibilidade financeira, mas consegui comprar vários títulos esgotados do grande crítico paranaense e mais algumas primeiras edições de Murilo Mendes, cuja obra completa ainda não tinha sido editada. Ao ler estas coletâneas poéticas, eu as trato como um material que me coube da partilha de uma biblioteca familiar. E isso neutraliza um pouco meu profundo sentimento de orfandade.

Na maioria das vezes, os livros comprados em sebo nos chegam anônimos, apenas com as marcas de um tempo do qual também queremos descender. Eles materializam leitores desconhecidos – dos relaxados, que borravam o texto grifando tortuosamente os trechos que lhe chamavam a atenção, aos extremamente caprichosos, que encapavam os volumes e os liam sem quebrar a lombada.

O frequentador de sebos não busca virgindade. Muito pelo contrário, ele se irrita quando encontra um livro que nunca foi lido, sinal de que se passaram décadas sem que aquele volume tivesse cumprido sua função.

Este comprador também não gosta das lojas organizadas, onde tudo está catalogado no computador. A organização mata a alma do sebo, tirando do cliente o prazer de se defrontar com as raridades no meio do imenso entulho de material impresso. O bom comprador não pergunta ao funcionário se ele tem este ou aquele livro. Nem ele sabe exatamente o que quer, porque é infinito o campo de seu interesse. Ele entra na livraria com a mesma emoção de um devoto aos pés de seu santo, a esperar um sinal, um milagre, e passa pelos livros, mirando tudo meio de longe, até um volume solitário, apertado entre um *best-seller* e um livro sem maior interesse, olhar fixamente para o comprador, pedindo para que ele o tire daquele convívio e o conduza a uma nova existência, entre os de sua família. O leitor saca o livro da prateleira e pode ou não se identificar com o objeto. Se isso ocorrer, por mais caro que custe, não sairá da loja sem ele.

Assim, nunca se esgotam as visitas a sebos, mesmo àqueles que se renovam lentamente, pois eles funcionam, para os leitores desejosos de participar de outros tempos e espaços, como centro de uma experiência que é de descoberta do outro mas também de autodescoberta.

Cada livro que colocamos em nossas estantes é uma peça a mais nesse complexo quebra-cabeça que nunca chega a se completar.

Instruções para Meu Arquiteto

Já vinha lendo havia alguns anos, mas sem possuir livros. Assim que me fiz dono de um pequeno número deles, senti a necessidade de ter um espaço que fosse só meu, longe de meus irmãos e da vida doméstica. Lia muito no quintal – embaixo das árvores durante o verão e sentado na calçada da frente sob o solzinho fraco do inverno. Meus poucos livros ficavam na prateleira de um pequeno guarda-roupa coletivo. A máquina de escrever, já em febril atividade criativa, era transportada para os lugares de sossego, dependendo da hora e das pessoas que estavam em casa. Para entrar nesse reino onde moram as palavras, eu precisava me afastar do burburinho cotidiano, não para recusá-lo, mas para poder vê-lo de outra forma, filtrado pela literatura.

No fundo do quintal havia um puxado de madeira de duas peças, uma funcionando como lavanderia, sem as paredes, e outra, fechada, fazendo as vezes de depósito. Convenci minha mãe a reformar este segundo cômodo, para que eu pudesse trabalhar em paz. Trocamos o assoalho, lavei as paredes com muito sabão, renovei as mata-juntas e forramos a peça. A primeira coisa que trouxe foi a velha escrivaninha, feita de um material ordinário, mas sólida o suficiente para suportar minha fúria de datilógrafo amador. Assim como tudo em casa, era um móvel compartilhado com meus irmãos. Eles me cederam o uso exclusivo da escrivaninha, arranjei uma cadeira velha e prateleiras que ficavam jogadas no armazém, criando minha primeira versão de gabinete. Havia uma particularidade que passou a ser essencial para mim: ela era desprovida de janelas, iluminada apenas por uma lâmpada, acesa mesmo durante o meio-dia ensolarado de verão, para desespero de meu padrasto. Ali era minha caverna, uma toca para que o menino que eu estava deixando de ser se transformasse em animal noturno, mago das pequenas descobertas literárias, numa vocação totalmente estranha na família de solares hábitos rurais. Em vez de trabalhar, eu lia durante o dia e com a luz acesa, em meu esconderijo, réplica caipira do escritório que todo escritor persegue.

Eu não queria pessoas, queria livros. Não queria barulho de vozes, mas o silêncio das palavras impressas ou o tilintar da campainha da máquina de escrever ao final de cada linha, que é, até hoje, para mim, a forma mais aconchegante de música.

Nesse exílio, eu me iniciei no rito dos espaços de exceção.

Muito mais tarde, lendo Mario Vargas Llosa (*Os Cadernos de Don Rigoberto*), me reencontro com aquela antiga e sempre viva obsessão. O narrador questiona o conceito do projeto para sua casa no capítulo "Instruções para o Arquiteto":

> O senhor fez este bonito desenho de minha casa e de minha biblioteca partindo da suposição – muito corriqueira, infelizmente – de que num lar o importante são as pessoas em vez de os objetos. [...] Mas a concepção que tenho de meu futuro lar é oposta. A saber: nesse pequeno espaço construído a que chamarei meu mundo e que meus caprichos governarão, prioridade absoluta terão meus livros, quadros e gravuras; as pessoas serão cidadãos de segunda classe (p. 13).

Há um autoritarismo meio paródico nestas ordens de um personagem que se sente confortável em sua classe social, mas suas instruções refletem exatamente o que imagino como a casa ideal do escritor, em que a obra de arte prevalece. Nós somos sim cidadãos de segunda classe, não no sentido social, mas temporal.

No exílio da biblioteca ou na casa que tem como centro os livros, experimentamos a existência dilatada dos objetos artísticos. Don Rigoberto não quer, no entanto, que sua morada seja um museu; deve ter medidas humanas – a sua é uma coleção fechada, embora presidida por um desejo de retratar o possuidor:

> Os quatro mil volumes e cem gravuras que possuo são números inflexíveis. Nunca terei mais para evitar a superabundância e

a desordem, mas nunca serão os mesmos, pois irão se renovando sem parar, até minha morte (*idem*).

A biblioteca, com seu acervo reciclado, tenta compor os contornos mutáveis da identidade de seu dono. Desde meu primeiro espaço particular, venho sofrendo esta oposição entre o lar e a biblioteca. Recém-casado, arrumei um quarto de nosso pequeno apartamento para acomodar meus livros e a máquina de escrever (depois veio o computador). E, a cada mudança, sempre para um lugar um pouco maior, ia destinando meu acervo crescente a cantos e cômodos impróprios, sem conseguir resolver essa equação de forma satisfatória.

Com o nascimento de minha filha, decidimos fazer duas construções, uma para os seres de segunda classe e outra para os livros, mas o amor paterno prevaleceu. Comecei construindo a residência para depois me dedicar a meu verdadeiro mundo. O dinheiro acabou e tive que levar os livros para uma sala comercial, alugada.

Em casa, os livros se espalham por tudo. Banheiros, salas, quartos e cozinha. E há sempre novos exemplares chegando. Apesar dessa presença passageira de livros pelos cômodos, à noite acordo com a sensação de que estou no lugar errado. Sinto falta dos livros no atacado, pois lar para mim sempre foi o lugar onde eles moram.

Em 2001, encomendei o projeto de uma biblioteca de setenta metros quadrados. Como não tenho a segurança de

Don Rigoberto, não fui taxativo com o arquiteto, que me fez um belo projeto de dois andares, que serviria muito bem para uma casinha ao pé da montanha. Colocou escadas, mezaninos, pérgulas, e foi um sacrifício convencê-lo a diminuir o número de janelas da construção que, à noite, ficaria parecendo uma lanterna. Mesmo assim, o projeto tornou-se impraticável, é aberto demais, sem espaço para as estantes e ignora o sentido de isolamento que a biblioteca ideal deve ter para mim. Arquivei os desenhos e encomendei outros.

Mas habitar uma biblioteca é mais do que guardar livros, é uma dessas tarefas sem fim, como o comprovou o professor Peter Kien, especialista em sinologia, personagem de *Auto-de-Fé*, de Elias Canetti. Depois de uma vida devotada à sua biblioteca, sem contato com o mundo, ele se deixa comover pela empregada, casa-se com ela e acaba expulso do apartamento por não suportar o convívio com a mulher rústica, que não apenas gasta seu dinheiro como começa a vender seus livros. Personagem quixotesco, que não sabe conjugar sua erudição com a realidade, Kien percorre sem destino a cidade, pernoitando em hotéis diferentes. Não se deixa, no entanto, separar das obras. Iludido, contrata um anão desonesto para ajudá-lo, todas as noites, a guardar ordenadamente os livros que traz na cabeça, tarefa cansativa que lhe consome muito tempo e energia.

Perdeu a casa, o sossego, a dignidade e os livros, mas sua biblioteca interior continua intacta.

Da Arte de Apontar Lápis

Devia ter uns treze anos e estava entrando num bazar perto da escola quando vi um lápis com cores fosforescentes, verdadeiro arco-íris giratório, cada face com um tom. Tinha ido comprar qualquer coisa para minha mãe e saí com aquele objeto tão tentador, que me prometia um mundo refinado. Passei a levá-lo para a escola, mas sem coragem de usar. Para escrever, havia os pintados de amarelo, ordinários como meus dias de estudante.

Meu padrasto conta que um de seus sonhos infantis era ter uma caixa de lápis de cor e trabalhou mais do que o normal para que sobrasse dinheiro. Quando conseguiu, foi à papelaria e voltou excitadíssimo com a caixa de doze lápis. Começou a experimentar um por um em papéis usados e teve uma crise de choro no meio da operação. De um deles não saía cor nenhuma, o vendedor o enganara, só porque era criança. Sua mãe tentou explicar que aquele era um lápis branco, mas ele não aceitava seus argumentos. Eram lápis coloridos, tinham que ter cor, e branco não era cor. Voltou à papelaria, brigou com o dono, que, achando engraçada a história, trocou o lápis descolorido por outro, possibilitando que meu padrasto, um menino de sítio, tivesse seu sonho plenamente realizado.

Mesmo devotando amor pela escrita e por seus instrumentos, faltou-me por anos a intimidade com os lápis, usados como se fossem ferramentas rústicas – uma chave de fenda, por exemplo. Minha escrita era demasiadamente pesada, marcando as folhas de baixo. Minha mãe recordava que um dos ensinamentos de seu professor primário, o legendário Manduca, era a arte de apontar lápis. Devia ficar com um centímetro de ponta. Os meus nunca tinham mais do que alguns milímetros, a madeira cortada curta, revelando talvez minha timidez de menino. Alguns denunciavam seus problemas de relacionamento roendo a madeira do lápis. Eu, deixando-o com uma ponta mínima e grossa.

Minha mão nunca foi leve, daí não ter tido aptidão para o desenho, o que se revela em minha caligrafia. Ao me tornar candidato a escritor, escrevia os textos à mão para depois datilografá-los, hábito que sobreviveu mesmo quando passei a usar computador. Todo texto nascia manuscrito, para depois ganhar forma eletrônica. O resultado foi um quisto no pulso direito, decorrência desse embate bruto com a folha de papel. Após a operação, me vi obrigado a escrever diretamente no computador, mas não perdi o gosto pelos lápis.

Não os coleciono, mas também não resisto a eles. Se entro em uma papelaria, saio com um ou dois, desses bem comuns, porque aprendi que o colorido luxuoso nos afasta do uso diário. Melhor do que comprar é levar o do amigo, que nos emprestou para que tomássemos nota de seu endereço. Ou ainda ganhar lápis de promoção, principalmente se for daqueles com borracha na parte de cima – esta foi uma grande invenção para quem, como eu, nunca sabe onde anda a porcaria da borracha. Apego-me a lápis de hotéis, que deveriam ser usados para tarefas ligeiras, o telefone de uma empresa, certo endereço, mas que passaram a morar comigo, deixando suas marcas em meus livros.

Porque é este praticamente o único uso que hoje faço deles. Sempre leio acompanhado de um lápis, grifando os trechos importantes, fazendo comentários à margem, sem respeitar demasiadamente este outro objeto, o livro.

Com muita frequência, recebia de Wilson Martins obras que ele lera e que não podia guardar. Wilson destacava passagens com um asterisco e deixava nas margens interrogações – nunca escrevia nada e me confessara sua aversão à escrita manual. O curioso é que Wilson usava caneta vermelha para fazer suas marcas de leitura, talvez para facilitar a identificação, ou apenas por hábito do magistério.

Não respeito os livros, mas não tenho coragem de marcá-los com tinta, assim como jamais aceitaria que tatuassem algo em meu corpo, por mais belas que fossem as imagens. Usando lápis, posso me arrepender de um julgamento, corrigir uma opinião precipitada na segunda leitura e dar ao futuro dono de meus livros a oportunidade de se desfazer de minhas opiniões e seleções de melhores trechos. Talvez essa preocupação tenha vindo do fato de eu ter sido, por largos anos, leitor de biblioteca pública. Mas talvez seja apenas insegurança.

Não preciso mais preencher os livros didáticos e os cadernos escolares, não escrevo meus textos à mão, o lápis deixou assim de ser serviçal, passando à condição de inseparável companheiro de leitura. Daí meu amor por ele, maior hoje do que quando tinha uma presença produtiva em minha vida.

Durante anos, no entanto, eu não soube usá-lo por desconhecer como ele deve ser apontado. Trabalhando numa pequena editora universitária, usávamos o lápis para fazer as revisões dos textos dos professores, que vinham com muitos problemas. Um colega com sérios problemas psicológicos, que dividia comigo este serviço, me ensinou a arte de apontar compulsivamente os lápis. No começo de cada dia, juntava todos de nossa sala e ficava a lapidá-los com o estilete. Um centímetro de grafite e dois e meio de madeira aparada. Nunca precisei fazer esta tarefa nos anos em que trabalhamos juntos, mas, assim que me vi longe daqueles lápis, descobri ser impossível usá-los de outra forma. Agora, quando me cansa a leitura ou antes de começar um livro, recolho os lápis e os aponto lentamente, num ato de amor a estes objetos que nunca serão substituídos por lapiseiras, ferramentas para os que têm pressa e não podem perder tempo com rituais.

Não sou apenas contra as lapiseiras, os apontadores também me são odiosos, por deixarem os lápis com uma ponteira padronizada. Minha filha, quando não podia usar estilete, se valia dos apontadores, mas eu sempre acabava arrumando seus lápis, dando a eles um formato mais leve.

E é este o segredo de lápis bem apontados, a escrita fica solta, o grafite fino corre melhor no papel e o alongamento da madeira da ponta o deixa aconchegado entre os dedos e, ao mesmo tempo, firme, por causa da aderência à superfície áspera.

Tudo isso são nostalgias de um leitor que toma partido e não se dá bem com a caneta, usada apenas para revisar os originais dos próprios textos e para tomar notas em seus diários.

O lápis e sua escrita provisória estão em sintonia com a leveza e a mobilidade da escrita eletrônica.

A caneta tem o peso do livro impresso.

Letras Mecânicas

Alguns anos atrás, cansado de vasculhar lojas atrás de fitas para sua máquina de escrever, Dalton Trevisan começou a pensar em usar computador. Seus contos enxutos vinculam-se à escrita lenta da máquina, às correções infindáveis, à falha da impressão no papel, aos originais manuseados inúmeras vezes, à falta de acentuação ("Para evitar erros de datilografia"), enfim, a uma estética econômica. Escrever lentamente seus textos lhe deu um poder de síntese extraordinário, como se cada letra catada no velho teclado fosse um ritual de busca da expressão precisa. Fico imaginando como teriam sido seus contos se ele usasse o processador de texto. Provavelmente, menos tensos, mais prolixos, menos necessários.

Trevisan transitou, desde o início, dentro de um conceito de modernidade literária, do qual a máquina de escrever era o centro. Mas a máquina não tinha apenas um valor de novidade tecnológica. Isso só ocorreu nos primeiros momentos de nosso Modernismo e nas suas periferias. Para Mário de Andrade, por exemplo, a máquina era um objeto humanizado. A maioria de seus livros, de seus artigos e principalmente de seus milhares de longas cartas saiu diretamente da máquina que ele batizara, em homenagem ao grande amigo Manuel Bandeira, de Manuela. É a máquina como mulher amada na vida de um solteirão pansexual, que erotizou todas as suas relações, até mesmo as com o mundo dos objetos.

Naquela quadra, a máquina de escrever tinha o ritmo rápido da nova era que os modernistas desposavam afoitamente. E Mário transformou datilografia em poesia, em *Losango Cáqui* (1924):

> B D G Z, Remington.
> Pra todas as cartas da gente.
> Eco mecânico
> De sentimentos rápidos batidos.
> Pressa, muita pressa.
> Duma feita surrupiaram a máquina-de-escrever de meu mano.
> Isso também entra na poesia
> Porque ele não tinha dinheiro para comprar outra.

Buscava-se a igualdade maquinal (uma utopia que a história tratou de envelhecer), assim como hoje o computador é enaltecido por seu poder de integração global. Mário terminava o poema legando um pequeno espaço para a escrita manual, definitivamente superada: "Bato dois LL minúsculos / e a assinatura manuscrita". E com isso estava aposentada a personalidade da escrita, principalmente nas cartas, agora em impessoais letras mecânicas.

Um ano depois de *Losango Cáqui*, em 18 de abril de 1925, Mário escreve uma carta iluminadora para Manuel Bandeira. A máquina é apresentada, metonimicamente, pela carta datilografada: "Comunico que comprei esta máquina". No momento em que anuncia sua entrada no mundo da escrita tecnológica (no poema, ele apenas se sonha datilógrafo), Mário recusa o rótulo de moderno, achando essa uma discussão ultrapassada.

Mas moderno era o tipo da compra: "Já sabe: pelo método amável das prestações". O novo objeto gera um lapso criativo e Mário age como homem tímido diante de uma mulher avançada, totalmente disponível: "Engraçado, por enquanto me sinto todo atrapalhado de escrever diretamente por ela. A ideia foge com o barulhinho, me assusto, perdi o contato com a ideia. Isso: perdi o contato com ela. Não apalpo ela. Mas isso passa logo, tenho certeza e agora é que você vai receber cartas bonitas de mim". O que está sendo vencida é a definição romântica de inspiração, associada a um lugar idílico onde o escritor recebe uma ideia arisca. Em seu novo papel, ele tem que conviver com a música mecânica dos tipos, tornando-se partícipe da cidade industrial, barulhenta e apressada, tal como a viu o falso engenheiro-poeta Álvaro de Campos, que põe o escritor dentro da fábrica em sua *Ode Triunfal* (1914): "Escrevo

rangendo os dentes [...] / ó rodas, ó engrenagens, r-r-r-r-
-r-r-r eterno! Forte espasmo retido dos maquinismos em
fúria".

Dez anos mais tarde e iluminado por uma afetividade
tropical, Mário de Andrade vê a máquina de uma maneira
muito mais terna do que o heterônimo pessoano, como se
ela já fizesse parte de uma esfera íntima.

A tecnologia foi deixando a velha Manuela para trás,
de tal forma que ela ficou definitivamente associada ao
mundo das inutilidades.

Décadas depois, quando a máquina fazia parte de um
horizonte por desaparecer, já incorporada à medida humana como amante e companheira, ela passa a funcionar
como símbolo da resistência de toda uma geração, a dos
poetas marginais e dos contistas de boteco. Datilografar
seus livros e reproduzi-los em mimeógrafo era uma forma
de se insurgir contra o poder, representado pelo mercado
do livro, por seus censores e pelos homens de negócio. Nas
décadas de 1960 e 1970, as máquinas passam a questionar
o mundo que as havia criado. Sinal de que já começavam a
não pertencer a ele.

Hoje, a máquina é praticamente matéria de memória.
Uns poucos escritores, como um Dalton Trevisan, um Luiz
Vilela e um Antonio Candido se mantiveram fiéis a um
objeto que representou tanto para o século xx. É como se
toda uma filosofia de vida e de cultura estivesse cifrada na

máquina de escrever. Parece que os textos que saem dela são mais reais, têm mais peso do que aqueles que vivem na virtualidade de uma tela. O mundo que ela simboliza se revela mais saboroso do que o nosso, pois modernidade e tecnologia tinham uma face menos agressiva, mais romântica. No passado, teria sido até possível se encantar com o eros tecnológico, com a utopia da igualdade maquinal. Hoje, os computadores representam a pós-modernidade, um momento de diluição da autoria, da história, da palavra e dos projetos coletivos que estejam fora do princípio do lucro. Tudo que era sólido se desmanchou na ética e na estética da computação.

Sonhando com este humanismo desaparecido, abro minha Olivetti portátil, uma Lettera 35, *hecha en México*, que agora fica guardada como decoração em uma das prateleiras aqui ao lado, e tento escrever este texto nela.

Quando ganhei esta máquina, em fins dos anos 1970, ela significava para mim a conquista da civilização. Eu tinha aprendido a ler e a escrever, mas continuava analfabeto em datilografia. Matriculei-me num curso e com muito sacrifício tirei o diploma de datilógrafo, o único diploma que me serviu para alguma coisa na vida, passando a me sonhar escritor. Uma década mais tarde, e depois de milhares de páginas datilografadas em vão, tive que me alfabetizar na linguagem computacional e comprar, já não em tão amáveis prestações, meu primeiro computador – ai de nós!, computador: substantivo masculino. Não posso dar um nome a ele, pois o nosso é um caso passageiro. Logo temos que deixá-lo para ficar com outro, mais moderno, ágil e atraente. Começa que computador não encarna a musa nem se deixa humanizar. É a ferramenta, objeto num mundo de objetos.

Por tudo isso, volto à minha velha amante. Corro os dedos da mão direita por trás da Lettera e destravo o carro. Enfio o papel, produzindo aquele barulhinho reconfortante de microengrenagens macias. Começo a escrever, mas os tipos se engastalham a cada minuto e tenho que sujar meus dedos para libertá-los.

Desisto. E, comovido com esse tempo que não funciona mais, escrevo esta crônica no computador.

Queimando Livros

Amamos os livros, num primeiro momento, como categoria geral: todos são merecedores de nosso interesse, pois reside aí uma demonstração de nossa natureza civilizada. Entramos em livrarias e bibliotecas públicas com um sentimento de orgulho por fazer parte daquele vasto universo, constituído ao longo dos séculos para satisfazer nossas necessidades de distração e conhecimento. Por isso achamos que todos os livros são importantes, mesmo sabendo que 99% daquelas páginas não foram escritas para nós.

Um amigo arquiteto, ao fazer a reforma da casa que pertencera a um médico alemão, exilado nos trópicos, descobriu caixas de livros do final do século XIX e se sentiu definitivamente ligado àquelas velharias destinadas, pelos descendentes, ao lixo. O argumento da família era que ninguém mais dominava o alemão e, mesmo que dominassem, não poderiam aproveitá-los, pois a maioria era de manuais de medicina, totalmente desatualizados. Meu amigo levou tudo embora e saiu distribuindo para pessoas que ele achava que poderiam gostar de livros.

Nem ele nem os agraciados falavam alemão, e as obras entraram em suas estantes como objetos de amor não ao conteúdo – insondável – mas a esta entidade genérica que é o Livro.

O arquiteto reservou para si uma pequena bíblia. E isso me leva a fazer uma associação: marcados por uma formação religiosa, transferimos para qualquer livro o respeito que temos pelo exemplar maior de nossa cultura, que armazena a palavra divina.

Uma das imagens fortes contra os regimes totalitários na América Latina é a da queima de livros comunistas, retratada como algo sacrílego. Queimar os livros, nessas novas inquisições, era uma metonímia para o assassinato de pessoas, e se revestia, portanto, de uma simbologia demoníaca. Geralmente, o ato se dava em clima de euforia pública, para servir de exemplo aos demais revolucionários.

Salim Miguel viu, durante a última ditadura, manifestantes queimarem na rua todo o acervo do estabelecimento que, mesmo já não sendo seu, era conhecido como a Livraria do Salim. Os manifestantes, no entanto, tiravam da fogueira os volumes de temas mais neutros, como os álbuns de arte.

Estes atos sempre estiveram identificados com a barbárie e por isso tendemos a ser tolerantes com tudo que vem encadernado. Mas a queima de livro tem outro sentido: é um reconhecimento de seu poder, nem que seja um poder corruptor – como entendem os moralistas de todos os credos.

Nós também exercemos este tipo de julgamento, achando que tal literatura medíocre estraga o paladar do leitor, que o *best-seller* cria hábitos preguiçosos no público etc., mas não sustentamos publicamente isso nem chegamos ao extremo das fogueiras, para não revelar resquícios bárbaros em nosso comportamento civilizado.

No íntimo, somos, no entanto, tão seletivos quanto os inquisidores de outros tempos, e nossa intolerância é mais radical ainda: matamos todos os livros que não nos agradam pelo simples ato de não os ler.

Recebendo de autores e editoras milhares de lançamentos, e tendo procurado em bibliotecas e em livrarias outros milhares, Wilson Martins foi sem dúvida o maior leitor da história da cultura brasileira. Durante os trinta anos que passou nos Estados Unidos, como professor da New York University, acumulou uma vasta biblioteca que tomava as paredes de seu apartamento na Washington Square. Com a aposentadoria e o retorno a Curitiba, vendeu o acervo à Universidade de Princeton, mantendo em seu novo apartamento apenas as obras de referência.

Crítico judicativo, Wilson Martins não se intimidava diante das verdades impopulares. Seus artigos se destacavam por julgamentos capitais, uma verdadeira fogueira a que condenava os livros – e não os autores – literariamente ruins, na sua concepção. E dizia tudo o que pensava sem se preocupar com reações pretensamente civilizadas.

Num ensaio intitulado "No Processo Civilizatório", o crítico propôs uma tese que explica muito de sua atuação:

> Ortega y Gasset, que ninguém suspeitará de obscurantista, escreveu que toda invenção do homem acaba por voltar-se contra ele e tenta esmagá-lo. Assim, a explosão tipográfica dos nossos dias constitui-se em grande parte de livros inúteis e estúpidos. [...] A nova missão do bibliotecário, segundo Ortega y Gasset, devia ser de racionalizar a leitura e até de dificultar a publicação dos livros inúteis e estúpidos, fomentando a de obras indispensáveis.

Ele ainda recorria à opinião de Nicholson Baker, segundo a qual, para se preservar o livro, é preciso destruí-lo. O novo conceito de civilização deveria mesclar dois movimentos contraditórios, o de produção e o de destruição editorial. A figura do crítico se confundiria com a do inquisidor, e não haveria nenhuma tendência obscurantista nisso.

Mesmo lendo muitos dos volumes que recebia, Wilson Martins doava a maior parte. Esta prática o livrava não apenas dos títulos ruins, mas de um amor excessivamente respeitoso ao Livro, permitindo-lhe uma visão desapaixonada do conteúdo.

O grande papel do leitor é *não* ler, recusando autores e ideias da moda, sem medo de passar por desatualizado. E quem diz isso é Arthur Schopenhauer:

[...] no que se refere às nossas leituras, a arte de não ler é sumamente importante. Esta arte consiste em nem sequer folhear o que ocupa o grande público. [...] Os ruins nunca lemos de menos e os bons nunca relemos demais. [...] Para ler o bom uma condição é não ler o ruim: porque a vida é curta e o tempo e a energia escassos (p. 34).

Para Schopenhauer, o segredo era voltar aos grandes autores do passado. Decisões desta natureza, no entanto, não podem, sob pena de se fazerem autoritárias, virar norma. Devem ser sempre determinadas por posicionamentos solitários, nascidos da consciência do que o leitor julga indispensável para sua experiência pessoal. Universidades, jornais e mercado, entregues às palavras do momento, acabam funcionando mais como inimigos do leitor independente do que como orientadores.

Esperando em minha biblioteca, dezenas de livros me solicitam.

Faço minhas escolhas.

O Capital Tempo

Confesso que me irrito quando vejo intelectuais falando que o brasileiro não lê, que não se consomem livros, que não dá para viver de direitos autorais e outros quês.

Tudo isso é verdade e tem um lado sociológico que pode ser relevante para donos de livraria e de editoras, e até mesmo para os autores, mas do ponto de vista do leitor essas discussões não têm a menor importância.

Por que todo mundo tem que ler?

Fico imaginando, eu que detesto futebol, se exigissem que todos jogássemos bola três vezes por semana. Seria uma vida insuportável para mim. E não venham me dizer que é diferente, que a leitura liberta e essa conversa toda. Literatura nenhuma liberta: escraviza. Não ajuda a ficar mais rico, mas a abominar a riqueza. Lembro-me de um soneto de Sóror Juana Inés de la Cruz, em que ela dizia não querer pôr o pensamento nas riquezas, mas riquezas no pensamento. A literatura também não abre horizontes: fecha, fazendo com que você cada vez olhe mais para uma única direção. Não é à toa que a obra dos grandes mestres se centra sempre em ideias fixas, cada livro funcionando como variação do anterior. Com o leitor que não se deixa mover pelos ventos do mercado e da moda também é assim. Quanto mais lê, mais tem a sensação de estar diante de um único livro.

O discurso reivindicativo não me seduz e não tenho muita paciência com ele, ainda mais quando envereda para o ressentimento. Estou disposto a acreditar que ao governo ainda cabe a função de formar adequadamente profissionais de magistério e de biblioteconomia, construir o maior número possível de bibliotecas e recheá-las principalmente com os grandes autores do passado, sem descuidar dos mestres contemporâneos, mas nada de privilegiá-los. O resto andará por conta própria.

Convidado a dar um depoimento sobre as relações entre o escritor e o governo numa comissão de educação do Congresso dos Estados Unidos, John Updike defendeu que o escritor deve trilhar um caminho autônomo, longe das instituições, para ter garantidos sua independência e seu poder de crítica: "Eu amo meu governo no mesmo grau e medida em que ele me deixa em paz" (p. 212). E termina seu texto com uma dúvida que sempre me ocorre quando experimento essa proximidade meio promíscua entre escritor e poder:

> Se o dinheiro governamental tornar-se uma presença cada vez mais importante no financiamento das humanidades, não existe o

perigo, pergunto respeitosamente, de os humanistas tornarem-se lobistas, e das estratégias da política substituírem as estratégias da mente? (*idem*).

Se, para os produtores, as estratégias políticas atrapalham, tirando-os de seu caminho, para os leitores, o grande perigo é a estratégia de consumo, que muitas vezes não passa também de uma postura política: comprar livros para poder aparecer nas fotos com uma vasta estante, repleta de obras de qualidade ao fundo. Tenho muitos amigos que substituíram o gosto da leitura pelo frenesi da compra, dando mais atenção para a posição do livro nas estantes, para a ordem em que devem ficar e para a limpeza correta do ambiente do que para as palavras que só ganham realidade quando pisadas e repisadas pela leitura.

Comprar é um verbo perigoso, pois só se aplica ao mundo dos objetos. Schopenhauer sabia disso: "Seria bom comprar livros se pudéssemos comprar também o tempo para lê-los, mas em geral se confunde a compra dos livros com a apropriação de seu conteúdo" (p. 41). Dificilmente, o grande leitor será um grande comprador. Sua satisfação psicológica não se dá pela posse do objeto, mas pela fruição de sua essência, nunca conquistada de fato, exigindo que ele sempre retorne a ela – por isso tendemos não só a reler como a buscar os livros da mesma família.

Num tom baixo, Jorge Luis Borges conta, em "Utopia de um homem que está cansado", a história de Eudoro Acevedo, um escritor que entra em outra dimensão, onde foram apagados os fatos, extintos os jornais, os governos, as escolas e as bibliotecas, e onde cada um tem que construir seus próprios utensílios. Ele é recebido numa casa rústica por um homem sem maiores atrativos. Dos vários diálogos do conto, um dos mais interessantes trata dos livros. Eudoro, diante da primeira edição da *Utopia*, de Thomas Morus, revela que tem dois mil livros em casa.

O outro riu.

– Ninguém pode ler dois mil livros. Nos quatro séculos que vivo não terei passado de uma meia dúzia. Além disso, não importa ler senão reler. A imprensa, agora abolida, foi um dos piores males do homem, já que tendeu a multiplicar até a vertigem textos desnecessários (p. 83).

Eis a utopia do velho Borges, que coloca este lugar ideal como uma terra devastada em que as pessoas estão reduzidas ao mínimo material, em que não existem instituições nem corporações de classe, sendo cada homem obrigado a conquistar, por conta própria, a sobrevivência. Pode parecer uma volta aos tempos primitivos, mas o conto se passa no futuro.

Leitor feito, e um tanto cansado, hoje entro em livrarias e sinto, ao mesmo tempo, prazer e depressão. Uma energia me impulsiona, exigindo que eu compre os títulos falados pela imprensa. Outra me diz que estou no templo dos objetos supérfluos. Penso várias vezes, leio e releio trechos antes de me decidir, e só com muita convicção saio com o livro, sabendo que qualquer gasto impensado terá repercussões negativas em minhas finanças.

Teoria da Amizade

Recebo um livro ruim de um amigo bom. Leio trechos e logo estou desanimado. Não posso elogiar o livro e não quero perder o amigo. Rapidamente, escrevo um bilhete, *Obrigado pelo teu livro, que começarei a ler ainda hoje.*
É claro que começo a ler.
E não termino.
Os amigos da gente não deveriam escrever livros. Seria mais fácil para o crítico não ter amigos escritores. Os livros deveriam ser escritos apenas por nossos inimigos. Se um destes publica um livro ruim, dá motivo para o crítico extravasar sua maldade e suas frustrações. Então podemos provar que ele realmente não presta e, num artigo irônico, destacar nossa superioridade. Se o livro do inimigo for bom, mais fácil ainda. É a chance de provar da humildade e elogiar a obra com gordos e sibilantes adjetivos. Nossa consciência fica em paz e saímos do episódio como uma pessoa extremamente compreensiva, sem rancores.

Mas não. Quem me mandou um livro péssimo foi um amigo. Um amigo de infância. Que desejou as mesmas mulheres que um dia desejamos. Que frequentou os mesmos bares suspeitos. Que gastou conosco, em palestras descontraídas, horas infindáveis. Este amigo escreveu o livro que está sobre a mesa, mirando-nos com um olhar de cachorro ferido, de criança rejeitada. A capa ridícula só perde para o conteúdo. A impressão é de péssima qualidade. E, mesmo assim, o livro provavelmente custou caro. O amigo, que acabou se perdendo em trabalhos desgastantes, é pobre e deve ter sofrido para pagar a gráfica. A mulher dele, cada vez mais neurótica, com certeza reclamou. É isso que você é, um idiota, perdendo tempo com essas ilusões. Assim deve ter falado, enquanto olhava para as pernas com varizes, pensando que o dinheiro poderia ter sido usado em uma pequena cirurgia plástica que a livraria das horríveis veias azuis, fruto da gravidez que ela não desejara, mas que acabara aceitando pela insistência do marido.

– Sempre fui tola.

Eis o que me diz este livro que custou tanto. Não penso apenas no dinheiro. Mas no tempo. Dez anos tentando escrever alguma coisa decente e o resultado é um romancinho colegial, que qualquer adolescente poderia ter escrito. A tiragem deve ter sido pequena. Ele vai deixar nas livrarias do centro. E os vendedores colocarão na prateleira mais remota. E, como o livro não traz nada escrito na lombada, vai se perder no meio de outros títulos irrelevantes e empoeirados. Na livraria do *shopping*, ele ficará atrás do balcão do guarda-volume, numa prateleira que é mais um depósito. Depois de algum tempo, será devolvido. E, por azar, o amigo vai descobrir: deixara dez exemplares e agora encontra onze. Um jornalista, que recebera o livro de presente, freguês antigo da livraria, trocara-o, junto com um volume de poesia, por um CD em promoção.

Mas ele tinha o amigo que era crítico. E a opinião da crítica era muito melhor do que o sucesso de vendas. Vender livro era para os carreiristas. E ele sabia-se clérigo. Escrevia por necessidade de expressão. Não suportaria passar a vida sem deixar uma mensagem a uns poucos. Ele tinha o crítico. Na verdade, pensando bem, ele escrevera este livro exclusivamente para o amigo. Eram dele todas as belezas contidas nestas páginas. O romance, uma espécie de educação sentimental, retomava a infância comum. O crítico era o leitor ideal. Não precisava de mais ninguém. Ele tinha o crítico. Meu Deus, estava feliz, mesmo ao levar para casa os exemplares que o gerente da livraria lhe devolvera, alegando que não havia espaço para volumes consignados. Estava mais do que feliz, a qualquer momento sairia um longo artigo sobre sua obra.

Mas como era esquecido! Não havia mandado nenhuma foto ao jornal. E queria um artigo com foto e tudo. Sem nem se lembrar do fato de não ter encontrado seu livro nas prateleiras de uma outra livraria – se fosse menos tímido teria perguntado para a vendedora se os livros já tinham sido vendidos –, sem nem se lembrar disso, correu a um estúdio fotográfico. Depois ficou esperando pelo centro até o fim da tarde, quando o retrato ficou pronto. Colocou-o num envelope e o deixou na portaria do jornal, endereçado ao editor.

É o livro deste amigo que estou levando para doar à biblioteca pública, depois de ter tido o cuidado de arrancar a página de rosto, com a calorosa dedicatória em que falava de infância e amizade – duas palavras que doem.

Antes de entregar ao funcionário, leio aleatoriamente um parágrafo só para me certificar de que estou fazendo a coisa certa. Mas me sinto cruel. O fato de o livro ser ruim não me livra de minha maldade, de minha ingratidão.

Somente quando me encontro afastado de sua presença incômoda, volto à rotina. Leio outros livros, escrevo artigos, assisto a bons filmes. E, toda vez que vou à banca comprar o jornal em que tenho a coluna, faço-o com a mesma emoção de meu amigo. Coração disparado, olhos embaçados, abro avidamente o jornal para ver se foi desta vez que tratei do livro ruim.

Não escreverei nada. Nem uma notícia. Quero esquecer o livro. Mas para isso teria que esquecer o amigo que, um mês e meio depois, me telefona, deixando na secretária eletrônica o convite para um jantar na casa dele. Ligo, avisando que terei uma viagem e que, assim que estiver livre, marco nova data.

Decorrido mais um mês, recebo novo pacote. Abro e encontro outro exemplar. Nenhuma dedicatória. Apenas o livro com sua cara de mendigo. Dias depois, imprudente, atendo o telefone. É ele. Parece meio bêbado. Tímido e correto, não faria isso em outra circunstância. Ouço um programa de auditório do outro lado da linha, enquanto ele reclama que seu casamento está uma droga. A mulher não se interessa por literatura. Veja, não chegou a ler o primeiro capítulo de meu livro. Encabulado, tento mudar o rumo da conversa. Mas as lamentações continuam. Fala de seu filho que morreu e de como o livro o salvou de uma crise de depressão. Você sabe o que é isso, hein? Você sabe o que é perder um filho? E ele ainda recorda os planos que tinha para o menino. Queria para ele uma infância bonita como a nossa, com amizades verdadeiras. Não consigo segurar um suspiro. E ele, do outro lado, insiste em nossos laços de amizade. Diz que encontrou fulano na rua, aquele que sempre traía a gente por inveja. Pergunta se eu me lembro dele. Digo que sim. E o amigo prragueja, afirmando, falsamente alegre, o desgraçado está rico, é um advogado de sucesso. E eu aqui passando meus apuros. Você sabe que tive de fechar a loja? Eu só consigo resmungar algo que parece significar: que pena. Mas ele levanta um pouco o ânimo. É isso aí.

A conversa termina e eu busco na pilha de livros aquele que espera um elogio meu. Ligo o computador. A tela vazia me olha. Digito: Fulano de Tal escreveu um livro inquietante. Isso era verdade, pelo menos para mim o livro era inquietante. Eu não estava mentindo. Poderia continuar o artigo falando sobre nada. Mas são essas concessões, visíveis para qualquer espírito mais arguto, que fazem com que o crítico perca a credibilidade. Apaguei a frase. No dia seguinte, doei o livro à biblioteca da escola de meu bairro.

Depois de uma semana, todos os dias chegava mais um volume do livro pelo correio. Eu abria o pacote, último gesto de respeito, e o colocava diretamente no lixo. O amigo tinha resolvido o problema do encalhe. Se eu era o leitor ideal, nada mais lógico do que ser o destinatário de toda a tiragem do romance. Não sei quantas dezenas de volumes recebi. Algumas vezes, tentava ler um ou outro parágrafo. Mas não era possível continuar.

Os meus artigos começaram a ficar estúpidos, perdi o brilho, a graça das frases que sempre compensaram minhas limitações. Estava me destruindo. Toda vez que abria um livro, era como se estivesse lendo aquele que me perseguia. Logo a capa parecia idêntica. Quando consultava alguma coisa na estante, tinha a impressão de que todos os meus livros eram iguais àquele. E isso me desesperava. Tornei-me amargo com os outros autores. Achei defeitos na obra de A, qualquer um faria sucesso tendo a mídia a seu favor. Vi em B o virtuosismo informativo de quem tinha tempo de sobra para vasculhar livros áridos. Comecei a metralhar todo jovem talento. Eles não tinham passado por nenhuma situação parecida com a minha, eu que sou filho de analfabetos, leitor de biblioteca pública, agricultor frustrado, eu que não pude contar com a ajuda de ninguém para estudar.

Então percebi que, inconscientemente, estava querendo mostrar ao amigo que sou justo, severo com todos, com os grandes e com os bem-sucedidos. Nesse dia, escrevi um artigo contra o romance que me perseguia. Chamei-o de piegas, monótono, equivocado na linguagem e na estrutura. Decretei, por fim, a morte definitiva do autor. Nunca passaria de um escrevinhador de fim de semana.

Assim que mandei, sem nem revisar, o artigo para o jornal, me esqueci completamente de tudo. Voltei a trabalhar com entusiasmo, até o dia em que o texto saiu, ilustrado com a foto enviada ao editor.

Ele sorria de uma maneira confiante, como no tempo em que éramos crianças.

Virgindades

Ganhei uma espátula da Universidade de Salamanca, trazida por um amigo, também amante de livros. Não a uso para abrir cartas, sou afoito demais quando o assunto é correspondência, rasgo o envelope, insensível aos bons modos. A espátula de inox dorme em minha escrivaninha, sem muita utilidade, mas pronta para o serviço raro a que foi destinada: desvirginar velhos livros que me chegam lacrados. Quando a biblioteca de Temístocles Linhares acabou vendida a um sebo, quase todos os seus livros estavam devidamente lidos. Encontrei sem abrir apenas exemplares de suas próprias obras. Os que trouxe para casa foram logo passados pela lâmina cega de minha espátula. Se não estou com ela, uso uma régua que, embora menos nobre, também se presta a esse tipo de tarefa galante.

Quando os livros ainda vinham lacrados, ficava explícita uma face do leitor. Observando sua biblioteca, víamos sua preferência. Tinha lido este livro até a página tal, nem abrira aquele outro – dava para levantar dados de uma história da leitura de cada proprietário a partir do lacre dos volumes.

Gostaria que os livros voltassem a sair fechados, isso ajudaria a detectar o nível de leitura das bibliotecas particulares. Mas sei que é impossível. Como o mercado espera que o leitor compre uma grande quantidade de obras, tudo que possa despertar nele uma consciência de que esta aquisição desbragada é inócua será evitado. Saudoso de um tempo do qual não participei, ando pelos sebos à procura daqueles volumes intocados, mesmo que não tenham muito interesse, pois os quero como objetos de recuperação memorialística de uma outra idade editorial. Diante de um livro fechado, aflora urgente minha missão de leitor.

Publicando seu primeiro livro em 1946, pela José Olympio, então nossa mais prestigiosa casa editorial, Wilson Martins esteve no Rio para o lançamento. Graciliano Ramos tinha lugar cativo na livraria e Wilson foi levado a dedicar um exemplar de seus ensaios ao grande romancista, que, assim que o recebeu, tirou um pente do bolso e pôs-se a abrir suas páginas, sem ler a dedicatória. Talvez diante dos olhos entusiasmados do jovem crítico, Graciliano se viu obrigado a explicar sua atitude.

– Um dia desses um amigo foi em casa e viu em minha estante seu livro ainda fechado. Agora, sempre que recebo algum exemplar, abro na hora. Para evitar confusões.

Cuidado que outros intelectuais nem sempre tinham. Bisbilhotando a biblioteca de Sérgio Buarque de Holanda, hoje pertencente à Unicamp, encontrei um velho volume de Mário Quintana que nunca tinha sido manuseado pelo crítico. Pensei na hora em abri-lo, mas aquele era um dado importante sobre preferências de leitura, refletindo certo descaso pelo grande poeta gaúcho, embora Sérgio Buarque tenha escrito dois parágrafos sobre *O Aprendiz de Feiticeiro* em um artigo de 1951. Se nenhum leitor mais ousado avançou sobre o voluminho de poemas, Quintana permanece intocado numa prestigiosa biblioteca moderna. E este fato dá indícios de como era a recepção de sua poesia no centro do campo literário.

Morando em quartos de hotel, sempre com uma vida financeira complicada, Mário Quintana não chegou a formar biblioteca pessoal, embora em várias fotos apareçam muitos livros empilhados em cantos de seu modesto aposento. Mas era um leitor criterioso, que abominava, entre outras coisas, livros lacrados. E escreveu sobre isso em "A Alma Errada" (*Baú de Espantos*, p. 71):

> Há coisas que minha alma, já tão mortificada, não admite:
> assistir novelas de TV
> ouvir música Pop
> um filme apenas de corrida de automóvel
> uma corrida de automóvel no filme
> um livro de páginas ligadas
> porque, sendo bom, a gente abre sofregamente a dedo:
> espátulas não há... e quem é que hoje faz questão de virgindades...

Se me deprime ver um livro ruim lacrado, pois penso em todas as ilusões do autor, em todo o seu desejo de comunicação, sofro muito mais ao saber que um poeta essencial ficou tanto tempo fechado, esperando um leitor imprevidente.

Enquanto não passar pelos olhos do leitor, que o incorporará, na maioria das vezes inconscientemente, ao seu universo de referências, o livro não chega a ser propriamente livro. É apenas papel impresso. Um objeto que só ocupa espaço no mundo físico, uma ferramenta desprovida de sua principal função, a de interferir na constituição do humano.

Uma de minhas professoras de catequese, em nossa primeira aula, nos contou a história de sua relação com a Bíblia. Tem o tom das narrativas edificantes, mas talvez, ao tirá-la de seu contexto, eu consiga dar-lhe nova roupagem. Ela nos trouxe duas Bíblias, uma velha, pequena, a encadernação esgarçada, marcas de dedos no papel, e uma de capa dura, letras douradas e marcador vermelho, de seda, colado na lombada. E nos perguntou qual Bíblia era melhor. Nós, crianças pobres, desejosas de uma vida material mais requintada, escolhemos a grande. A professora nos disse que também havia recaído sobre esta a sua escolha. Comprara-a porque se envergonhava da outra, que a acompanhava desde a adolescência. Mas, depois, não quis estragar a bíblia nova, destinada a decorar o balcão da sala de jantar. Ela continuou fazendo suas leituras religiosas na antiga. E então nos perguntou, de que vale uma Bíblia que não foi lida?

Olho os livros velhos em minha estante, encadernações estragadas (os que eram apenas colados soltaram suas folhas) e penso que eles podem ser chamados de livros, pois seguem em mim.

Lendo em Trânsito

Fui um jovem que sonhava com grandes audiências para meus poemas imaturos, talvez por estar começando a colaborar num jornal editado pela Secretaria de Estado de Cultura do Paraná, o *Nicolau*, que tinha muito prestígio no final dos anos 1980 e começo dos 1990. Meu primeiro livro, *Inscrições a Giz*, prêmio nacional Luís Delfino, havia sido publicado pela Fundação Catarinense de Cultura, com orelha do poeta/editor Cléber Teixeira e capa de Jairo Schmidt. Apesar de meus verdolengos 25 anos, eu me julgava escritor formado, com todos os direitos do mundo. Enviei o livro a vários jornais e revistas e não saiu matéria nenhuma, o que tomei como complô contra o poeta genial que eu era, um verdadeiro perigo para os já estabelecidos. Mandei dezenas de livros com dedicatórias exageradas e recebi apenas uma carta, de Armindo Trevisan, pessoa que eu não conhecia, mas a quem tinha escrito longamente. Guardei esta resposta sincera como demonstração de um grande caráter:

Em geral sobra-me pouco – ou nenhum tempo – para escrever a autores que me fazem chegar às mãos seus livros. Como subsistir com tamanha inflação, e tarefas obrigatórias em cursos universitários, sem os quais não pagaria minhas contas? A situação é difícil, e confesso-lhe que há muito *tempo* não me faltava tanto... *tempo*!

Apesar disso, escrevo-lhe por duas razões: primeiramente, porque sua carta é realmente notável pelo resumo que faz do poema breve em nosso meio, e pela lucidez com que o julga. Concordo consigo: o *haicai* prejudicou muitos poetas no Brasil, os jovens, dando-lhes a falsa ideia de que poesia é *questão de minutos*, de manipular uma pílula; em segundo lugar, porque gostei de seus poemas como PROMESSA – na qual ouso crer. É preciso ir adiante, retomar *Inscrições a Giz*, não aceitar colheres-de-chá da crítica, mas exigir de si o máximo... Você pode se tornar um poeta de nível, de valor. Aprofunde-se, leia grandes autores, atreva-se a se COMPARAR COM ELES (nada mais, nada menos). Quando achar que está desmoronando, por favor, vá a um bar e tome uma cerveja Antártica ou uma Kaiser Bock... O humor ajuda o poeta a não desanimar!

O livro tinha saído no fim de 1991 e a carta era datada de 1993. Eu a considero um divisor de águas. Depois dela, deixei de lado o poema curto e segui todos os conselhos do poeta gaúcho, principalmente sua receita etílica para melhorar o humor. Conheci Armindo Trevisan apenas em 2000, na Feira de Livros de Porto Alegre, quando fui lançar meu primeiro romance. Mas não devia se lembrar mais da carta e, por pudor, não mencionei nada a ele.

Sinto orgulho da avaliação crítica de Armindo Trevisan, que foi o único comentarista daquele meu livrinho, mas antes dele eu tinha encontrado um leitor comum, que nem cheguei a saber quem era.

Eu morava em Curitiba, no bairro Boa Vista, e tinha tirado a tarde para encaminhar meu livro aos jornais. Levava quatro exemplares na mão, apenas um autografado – para o editor do *Nicolau*. Tomei um ônibus no terminal Boa Vista e fiquei em pé. Um rapaz que estava sentado se ofereceu para segurar os livros e, quando viu que era poesia, perguntou se podia dar uma olhada. Eu fiz que sim com a cabeça, ele abriu o livro autografado e se pôs a ler. Virava as páginas sem erguer os olhos. Alguns quilômetros e 25 minutos depois, exatamente na curva que o expresso faz para parar na praça 19 de Dezembro, o rapaz virou a última página, entregou-me o livro e disse: gostei. O ônibus parou e ele desceu.

Fiquei alegre. Minha literatura podia ser lida no ônibus por um passageiro anônimo. Não tomava mais do que vinte e poucos minutos da vida das pessoas e não dependia do trabalho promocional feito pelo autor.

Deixei os exemplares na portaria dos jornais e, meses depois, quando fui ao *Nicolau*, entregar uma matéria encomendada, vi o volume num canto da sala do editor, entre outros livros, todos mal-impressos. Não tinha saído matéria sobre ele e não iria sair. Mas aquele volume, abandonado como refugo, não passara pela vida em vão. Tinha tido um leitor. Um leitor anônimo e em trânsito. Estava plenamente justificado.

Em seus diários, José Saramago diz que não gosta de ler livros quando viaja de avião, preferindo os jornais. Eu sempre prefiro os livros. É preciso apenas saber quais levar para viagens ou para o ônibus/metrô. Eu não levaria *Ulisses*, de Joyce, nem *História*, de Heródoto, ou mesmo *Grande Sertão: Veredas*. Há um tipo de obra que exige grande esforço intelectivo, impossível no meio de outras pessoas, onde sempre há conversas e ruídos. Mas existe um vasto conjunto de obras que não só se deixam ser lidas em ambientes públicos como abrem brechas neles. Já pensei em escrever uma lista dos grandes livros palatáveis para os viajantes e passageiros urbanos de coletivos, pois, numa época em que o homem se desloca tanto, ele não pode deixar de transformar essas horas de ócio em tempo produtivo.

Indo para o Rio, com conexão em São Paulo, levei um romance de Somerset Maugham (*O Destino de um Homem*), que li na sala de espera, no trajeto até São Paulo e que ficou comigo nas duas horas que tive que aguardar, no aeroporto de Congonhas, o voo seguinte. Quando ergui os olhos do livro, o avião já tinha partido, não obstante eu ter ficado a menos de dois metros do portão de embarque.

Durante dez anos, percorri diariamente longos trajetos de ônibus para chegar ao meu serviço. Tinha sempre em minha pasta um livro. Foi em trânsito que li quase todo o Hemingway e muitos outros autores – poetas, cronistas e contistas. Gostava também de ler/reler Dalton Trevisan em minhas viagens urbanas, para senti-lo melhor, em contato com a população que ele imortalizou.

Os livros que se prestam a uma leitura em coletivos devem conseguir arrebatar o leitor, puxá-lo para dentro de suas páginas, de tal forma que ele não sofra a interferência do mundo. Quando o livro exige que o leitor racionalize demais, ele abandona as páginas e participa do que ocorre ao seu redor.

Nesse tipo de leitura, funcionam melhor os livros de autores que não recusaram o contato com os seres humanos. Hemingway, por exemplo, escrevia em cafés, podendo tranquilamente ser lido numa praça ou na sala de espera do dentista. Uma das minhas leituras mais marcantes em ônibus foi a de *Cartas a Meu Moinho*, de Alphonse Daudet (1840-1897). Eu li o volume todo dentro do expresso Santa Cândida – Capão Raso (que cruza Curitiba), e nunca vou me esquecer das cenas em que o narrador abdica do meio artístico parisiense para viver em contato com o povo simples da Provença.

Pequeno Dicionário de Títulos

Estava indo a uma das escolas da periferia onde lecionava, um livro diante dos olhos no trajeto feito por um ônibus intermunicipal. Embalado pela história, me distancio dos campos com casas de colonos italianos. Um riso insistente, ao fundo, quase não me incomoda. Mas súbito vira gargalhada, emitida por mais de uma pessoa. Levanto a cabeça e percebo que um grupo de jovens se diverte prestando atenção em mim. Não sei a razão. Fitando meus pés, vejo que não coloquei sapatos de cores diferentes. Volto à leitura, mas sinto uma mão tocando meu ombro.

– O senhor dá licença?

Apenas olho para o rosto do jovem, que faz de tudo para manter a seriedade.

– A gente queria saber se é fácil aprender a bordar.

Pergunto por quê. Ele aponta o livro, que está fechado em minhas mãos, o dedo indicador entre as páginas, marcando o ponto em que parei. Trata-se de um romance de Autran Dourado, *O Risco do Bordado*. Agora sou eu quem ri, dizendo ao rapaz que aquilo é literatura.

— Não é para aprender a bordar? – ele fala alto, o grupo não se aguenta e solta mais risos, meio contidos.

— Não, é apenas uma história.

Com jeito de quem não acreditou, ele se retira e passa o trajeto todo acompanhando meus movimentos. Agora mal consigo me concentrar – desse jeito, eles devem estar pensando, nunca aprenderei a bordar.

Sempre fui fascinado por títulos, até de livros de que não gostei. Ao dar nome a meus livros, recordo este episódio, buscando títulos fortes, mas neutros, para que eles possam ser lidos sem constrangimentos em um ônibus ou em um avião.

Dentro do vasto campo das possibilidades, prefiro os nomes longos, as frases, de preferência versos completos ou pedaços, porque eles ficam gravados na lembrança do leitor pelo ritmo, participando de sua memória musical. Ao terminar meu primeiro romance, tinha uma vasta lista de títulos, mas fiquei com um verso de Octavio Paz – *Chove Sobre Minha Infância*. O título longo não pode ser confuso e não deve ter palavra sobrando. No meu caso, se tivesse colocado o artigo *a* diante do possessivo, haveria uma quebra da unidade rítmica: chove sobre *a* minha infância. Outra coisa a evitar é o uso de palavras muito inusitadas, que dificultam a memorização. Li Ping, um amigo chinês, tradutor de vários autores de língua portuguesa, me anunciou um dia que estava lendo o romance *Dom Cachorro*, de Achado de Massis.

Embora ele seja um estrangeiro, mais propenso a tropeçar nas palavras, acho que sua dificuldade revela a natureza espinhenta de *casmurro*, vocábulo seco, meio insondável, que deve atrapalhar muitos leitores iniciantes.

O grande título de Machadinho é *Memórias Póstumas de Brás Cubas*, que pode ser lido como um decassílabo, metro tão praticado no Parnasianismo, corrente da qual ele fez parte. Se tivesse colocado o artigo *as* no início, estragaria a perfeição escultural da frase. Este título extenso inquieta pela ironia de um livro que se assume escrito além-túmulo, num momento em que, não podendo mais sofrer a pressão social, o narrador escancara sua vida privada. A repetição dos *as* no fim de cada palavra e a sucessão de tônicas cria uma espécie de eco, que o ouvido mais atento identifica como fantasmagórico.

A ironia é também uma das marcas de Jamil Snege, cujo melhor título é uma verdadeira profissão de fé do escritor e publicitário que optou por imprimir os próprios livros, recusando-se a buscar editoras ou a padronizar sua linguagem: *Como Eu Se Fiz por Si Mesmo*. São suas memórias cínicas, mas com alma de romance. O narrador não ficou rico e não teve reconhecimento, por isso o erro gramatical do título.

Uma das qualidades do bom título é sua capacidade de estranhamento. Jamil consegue quebrar a seriedade típica das autobiografias, zombando de sua própria existência.

Tal recurso tira do livro o caráter formador, apostando na trajetória torta contra a corrente do sucesso fácil que tende a gerar memórias edificadoras. O narrador conduziu sua vida como negação das expectativas burguesas, defendendo o erro como forma de anarquizar as relações marcadas pela busca do acerto. O erro é o que distingue o artista e funciona como seu elemento de identidade. O livro acaba com uma frase magistral: "Havia um reino, havia um rei. Eu me errei".

A curiosidade também pode nos conduzir a um livro. Assim aconteceu com *Naquela Época Tínhamos um Gato*, de Nelson de Oliveira. É o início de uma frase, o que cria uma situação de expectativa, um clima de mistério. Ficam implícitas as reticências, suspensão de algo que passa a inquietar o leitor. Este clima é fortalecido pela figura do gato, animal ligado ao inconsciente, ao sobrenatural, ao imprevisível. Se fosse, por exemplo, substituído por *cachorro*, haveria um súbito esvaziamento de sentido. A história é anunciada no passado e há uma ideia de união familiar pelo uso da primeira pessoa do plural. O que teria acontecido? Tudo isso aguça o interesse do leitor.

O título pode também dispensar uma estrutura gramaticalmente mais rica, como em *A Cidade e as Serras*, de Eça de Queirós. Há uma exatidão no título que poderia ser tido como comum – dois substantivos, precedidos de artigos, unidos pela partícula *e*. O romance trata de uma oposição entre espaços, Paris e as montanhas do interior de Portugal. Ou seja, o título acaba sendo o cenário da história. Mas há uma unidade interna nele, conseguida principalmente pela repetição de sons (cidade/serras) e pela ordem em que as palavras aparecem. Se invertêssemos os termos (as serras e a cidade), o encanto seria desfeito, porque a disposição denuncia o sentido do próprio movimento de Jacinto, que se desloca física e sentimentalmente de Paris a uma região rústica. Assim, sem usar verbo, Eça de Queirós consegue representar o movimento de um personagem que deixa a metrópole, lugar marcado pelo tédio da riqueza material e social, para reencontrar definitivamente a variedade geográfica de suas serras pobres.

O título ainda pode ser mais convencional, desde que o escritor consiga introduzir sentidos novos, como fez Domingos Pellegrini na coletânea de contos com que estreou: *O Homem Vermelho*. A composição é simples: artigo mais substantivo mais adjetivo. Apesar disso, o título é forte e inquietante, por causa de um uso aberto da palavra *vermelho*. Publicado em 1977, o volume vinha assinado por um jovem escritor que misturava os verbos escrever e combater. A figura do homem vermelho poderia ser confundida com a do comunista, pois alguns contos tratavam da participação política. Esta era a leitura mais imediata do livro publicado pela Civilização Brasileira. O conto-título da coletânea se centra em um homem ruivo e misterioso que aparece numa fazenda no norte do Paraná, deixando os moradores sobressaltados. Mais do que a tentativa de definir um homem revolucionário, embora tenha havido esta intenção, Domingos queria dar espessura literária aos habitantes da terra vermelha. É esta ambiguidade que define a grandeza do título.

Se Pellegrini revitalizou uma estrutura gasta, Carlos Drummond de Andrade praticamente a implodiu, inventado uma palavra composta para batizar seus poemas memorialísticos: *Boitempo*. O uso de neologismo em títulos é um problema, pois pode parecer estranho ou funcionar como mero trocadilho. Mas o de Drummond soa tão bem que se incorpora ao leitor com facilidade. Ao justapor duas palavras comuns e fortes, ele consegue não um contraste, mas uma soma, dotando o novo vocábulo de raro valor evocativo.

Trata-se de um livro de recordações poéticas da infância, um momento em que o menino faz a passagem do mundo rural para o colégio interno e outros espaços urbanos. A roça está representada pelo boi, animal calmo, que rumina indefinidamente os alimentos – simbolizando também a própria condição memorialística deste eu que não termina nunca de digerir suas recordações. O boi é a encarnação de um tempo perdido e materializa uma idade campestre que continua viva na lenta trituração lírica da linguagem.

Mas a radicalização foi feita por Dalton Trevisan, que nomeou uma de suas últimas coletâneas apenas com números: *234*. Tal título deve ser lido unidade por unidade e não como uma centena: dois, três, quatro. A cada novo livro, os contos de Trevisan estão mais próximos do fragmento, não trazem título e a estrutura interna do livro virou ruína.

Além desse sentido, há ainda outro presente na progressão que o recurso cria. Dalton não para de acrescentar novas peças ao grande romance sobre a província que é sua obra. Antes, apenas os seus seres eram anônimos, os eternos joões e marias; agora, o próprio conto experimenta esta falta de identidade. Assim, o título numérico reproduz a essência de sua escrita.

Todo grande título, extenso ou breve, será sempre uma metáfora.

Aprender com o Corpo

Estava na sétima série, período vespertino, e a professora de Estudos Sociais pediu para que apresentássemos um trabalho sobre certo capítulo do livro. Falar em público, naquela época de espinhas e unhas roídas, era um verdadeiro castigo para o menino que fui. Para piorar, minha namorada estudava na mesma sala. Como eu conseguiria falar sabendo que todo erro meu seria transferido como vexame para ela? Seria fuzilado pelos olhos perversos da turma, sem poder olhar para o lado em que certa menina loira e de seios saltando na camisa branca do uniforme esperava todo meu desempenho. Durante dias, li o trecho que me coube sem conseguir tirar nada dele. Na escola pública em que gastei minha adolescência, não havia espaço para explicações. Tínhamos que fazer as coisas por conta própria. Lia e relia o trecho, quando me veio a iluminação. Se eu não tinha nada para acrescentar, bastava decorar o texto. Comecei, então, parágrafo por parágrafo, a memorizar as palavras. Eu me transformava em dois. Um outro em mim ia acompanhando minha fala, corrigindo passagens, chamando a atenção para os pontos e marcando melhor alguma entonação. Foram dias de devoção completa a três páginas de um livro didático, o que me rendeu o domínio pleno de todas as linhas.

No dia da apresentação, cheguei confiante à escola. Não falei com ninguém para não perder nenhuma palavra, fui para minha carteira e só me levantei quando a professora chamou meu nome. Com os olhos perdidos num ponto neutro, desenrolei frase por frase aquele texto sem sabor, como se fosse um poema de amor para a menina que esperava tanto de mim. Não me lembro da reação dos colegas, mas todos devem ter ficado abismados com minha memória, e se passei de ano é porque a professora aceitou a repetição do texto como forma de aprendizagem. Após este episódio, ganhei fama de estudioso.

Dois anos depois, na primeira série do Colégio Agrícola, eu experimentava a solidão de morar num internato, longe de mulheres. O professor de Português era um velhinho careca e barrigudo, que adotou um livro didático cheio de poemas. Cada um tinha que decorar um texto do livro e, por sorte, me coube "Motivo", de Cecília Meireles, do qual jamais me esqueci. Vinte anos mais tarde, Antonio Carlos Secchin me encomendaria o ensaio de introdução à *Poesia Completa* de Cecília, fechando assim um ciclo começado num distante 1980, numa escola que formava técnicos para o serviço no campo. Nas pausas de escrita do ensaio, recitava em voz baixa o primeiro poema que decorei. Não sei quanto aquela memória poética contribuiu para o texto que escrevi sobre a grande Cecília. O certo é que, por uma lógica qualquer, eu estava desde aquele dia longínquo predestinado a ser um de seus comentadores.

O ensino progressista não aceita mais a técnica da memorização, tão criticada pelos especialistas, que defendem um posicionamento pessoal diante dos temas tratados. Eu mesmo sigo este preceito, mas, no fundo de minha atividade de leitor, ficou um fascínio pelo ato de decorar.

Manoel de Barros, contrário ao racionalismo, era um defensor da leitura desarmada do poema, em que prevaleça a conexão sensorial. Na longa série intitulada "Sabiá com Trevas", há um diálogo em que ele expôs sua concepção:

– Difícil de entender, me dizem, é sua poesia; o senhor concorda?

– Para entender nós temos dois caminhos: o da sensibilidade que é o caminho do corpo; e o da inteligência que é o entendimento do espírito.

Eu escrevo com o corpo

Poesia não é para compreender, mas para incorporar

Entender é parede; procure ser árvore.

Mais do que outros textos, os poéticos rendem muito quando incorporados pela memória afetiva de um leitor que quer ser habitado pelo verbo. Harold Bloom valoriza este método de leitura: "A antiga prática de memorização, que servia de base à boa pedagogia, foi distorcida por monótonos exercícios de repetição, e, consequentemente, abandonada – o que foi um erro" (p. 69). Decorar não é algo execrável, e sim um caminho para a compreensão, desde que não se desvirtue sua finalidade.

No texto de abertura de suas traduções de W. H. Auden, José Paulo Paes lembrava o método de ensino do grande poeta, formado numa Inglaterra presa às tradições. Mesmo depois que passou a trabalhar nos Estados Unidos, pátria de pedagogias avançadas, ele se manteve fiel a seu estilo:

> Nos quase vinte anos que viveu nos Estados Unidos, Auden lecionou em faculdades e universidades de diversos Estados – Nova York, Michigan, Pensilvânia, Massachusetts. Avesso à educação dita progressiva, usava na sua docência de literatura os métodos tradicionais por que se havia educado na Inglaterra, preterindo os autores modernos em favor dos clássicos; para os exames finais do curso que deu na Universidade de Michigan, exigia dos alunos que decorassem seis cantos da *Divina Comédia*. Apesar disso, os alunos o admiravam... (p. 16).

Não penso que seja *apesar disso*, mas talvez *por isso*. Auden queria que os clássicos continuassem vivos no público contemporâneo, e esta sobrevida só era possível com o texto incorporado.

Há uma linha didática que liga o pequeno professor

de Português de meus tempos de colégio e o grande poeta inglês, o que me pacifica com um de meus hábitos, o de decorar poemas ou versos.

Quando me mudei para Curitiba, em 1983, passei a frequentar o Colégio Anglo, e durante algumas semanas tive aula de redação com um discípulo de Paulo Leminski, que refazia os passos do autor de *Catatau*, não só deixando o bigode crescer como tornando-se professor de cursinho. O poeta não nos ensinou nada de redação – e isso foi minha sorte. Ele declamava poemas e exigia que nós os decorássemos. A turma toda lia e relia, verso por verso, vários sonetos, principalmente os de Augusto de Anjos. Pelo seu método e por chegar sempre atrasado, acabou tendo que sair da escola. Anos depois, quando nos reencontramos, pude ouvir de novo alguns daqueles poemas de sua biblioteca interior, que ele, como o velho professor Kien, colocava para fora todas as noites, não em quartos de hotéis, mas nos bares, declamando para amigos.

Tenho os meus poemas memorizados, principalmente de Augusto dos Anjos, Alphonsus Guimaraens, Manuel Bandeira, Fernando Pessoa e Carlos Drummond de Andrade, um pequeno repertório para as horas de desânimo. Muitas vezes, andando de carro, me vem um desejo de recitar um poema qualquer. E, quando não estou com a cabeça em ordem, me exercito decorando um novo texto com a mesma responsabilidade que experimentei quando tive que apresentar o trabalho de Estudos Sociais.

Depois de meu sucesso naquela distante sétima série, adquiri confiança em meu *poder* intelectual. Minha namoradinha estava orgulhosa de mim. Eu era o menino que tinha decorado um capítulo inteiro do livro. Eu ainda não sabia que era possível, e bem mais agradável, decorar poemas, pois aí sim ela se sentiria feliz.

Tempos depois, o professor de Português passou várias frases para a análise sintática. Com minha fama em alta, minha namorada formou equipe comigo, me transferindo todo o trabalho. Durante uma semana, estudei, pesquisei livros na biblioteca, pedi ajuda a amigos. Quando terminei o trabalho, escrevi bem juntinho, na capa, o meu nome e o dela.

Não me lembro da nota que tiramos. Mas era menor do que a média. Eu tinha errado quase tudo.

Logo chegou o fim do ano e ela arranjou outro namorado, sem esperar que eu começasse a aprender com o corpo os poemas de amor.

Formato Leve

O narrador de *Memórias Póstumas de Brás Cubas* tinha uma maneira curiosa de ver as fases do homem, que para ele era uma espécie de livro, permanentemente reescrito. Desenvolveu a teoria das edições, as mais novas substituindo as anteriores. É no capítulo XXVII que expõe sua tese:

> Deixa lá dizer Pascal que o homem é um caniço pensante. Não; é uma errata pensante, isso sim. Cada estação da vida é uma edição, que corrige a anterior, e que será corrigida também, até a edição definitiva, que o editor dá de graça aos vermes.

O que mais me fascina nesta reflexão irônica é a ideia de que somos um livro. Só quem viveu a maior parte da vida tratando com estes objetos pode compreender a ausência de fronteiras entre quem somos e a biblioteca. Nós não distinguimos o que é vida do que é leitura, como narra Héctor Yánover em *Memorias de un Librero*, citado por Salim Miguel:

> […] respiro o pó de livros, vejo livro em todos os horizontes, tanto que às vezes me ouço dizer: tal objeto está no colofão, para

indicar o fundo de minha casa, ou confundo o *living* com o prólogo. A livraria não está onde ela está, e sim dentro de mim.

Na casa dos cinquenta, estou na minha terceira edição, tentando corrigir os erros da primeira, porque os editores disto que chamam de vida sempre deixam passar muitas gralhas. Algumas datas funcionam como divisores de água. A partir dos trinta, a segunda edição tentou corrigir a irresponsabilidade que havia no texto que eu era, dando-lhe um pouco de sisudez. Agora, aos cinquenta, reconquisto o estilo leve da juventude, mas sem descuidar da ironia, para fugir da seriedade afetada dos eruditos.

Nesta obra-prima universal que é *Memórias Póstumas de Brás Cubas*, Machado de Assis faz várias digressões sobre escrever, que servem para marcar os estágios de vida do narrador. Ao justificar a extensão dos capítulos (XXII), definida por um público propenso a amenidades, ele revela o caráter contemporâneo de seu personagem:

> Capítulos compridos quadram melhor a leitores pesadões; e nós não somos um público *in-folio*, mas *in-12º*, pouco texto, larga margem, tipo elegante, corte dourado e vinhetas... principalmente... Não alonguemos o capítulo.

É como um texto assim que me vejo, de margens extensas e tipos grandes, ilustrado com algum desenho sóbrio, num formato leve.

Viver se confunde com ler/escrever, e todos que se veem como um livro, uma livraria ou uma biblioteca sentem ainda um outro impulso, o de editar certas obras. Nós não queremos apenas possuir livros, na biblioteca física ou em sua réplica interior, mas multiplicar estes objetos nos quais nos vemos – nosso mais perfeito retrato. Assim, o grande colecionador José Mindlin tornou-se editor amador, fazendo livros especiais em pequenas tiragens:

Publicar livros sempre foi uma ideia que me seduziu. Não o livro de leitura corrente, em escala comercial, e sim edições de arte, de tiragens limitadas, ou então reprodução de obras raras, de real valor cultural, mas que não tenham atraído o interesse de empresas editoras (p. 126).

Publicar é uma consequência do convívio intenso com os livros. E este tipo de editor é responsável pela manutenção do processo editorial como prática amorosa, independente do mercado e dirigida aos que se identificam com a existência entre duas capas. Sem os editores amadores, o livro viraria mero produto impessoal.

É muito comum que autores, principalmente poetas, publiquem seus próprios livros. Alguns foram obrigados, pela ausência de uma vida editorial consistente, a se tornar profissionais, como um Monteiro Lobato. Outros se mantiveram fiéis a pequenas audiências, como Cléber Teixeira, com sua Noa Noa, uma editora tipográfica em plena era digital. Há uma beleza nesta relação íntima com o livro, em que o editor não é um intermediário numa cadeia industrial. Cléber fazia as capas, ajudava na impressão do miolo, escolhendo tipos e papéis, e cuidava da encadernação. A pequena tipografia funcionando na própria casa era extensão de sua biblioteca e de sua atividade de leitor e poeta. Imprimir livros, mesmo quando são de outros, é também uma forma de escrever.

Neste item, nenhum escritor brasileiro superou Dalton Trevisan, cuja escrita se confunde com a edição, fazendo desta uma de suas marcas.

Na Curitiba dos anos 1940, não havia público. O menino tinha dezessete anos quando fundou a primeira revista (*Tingui*, 1942), tirando nesta época um caderno com seus poemas (*Sonetos Tristes*). Depois, em 1946, editou *Joaquim*, revista jovem de sucesso nacional, toda produzida pelo contista, e continuou imprimindo por conta própria seus contos, em pequenos cadernos, enviados a pessoas de todo o país. Era já um nome conhecido quando editou comercialmente o primeiro livro, *Novelas Nada Exemplares* (1959), que não vendeu praticamente nada. Temístocles Linhares anota em *Diário de um Crítico* que, em julho de 1959, depois de muitas matérias sobre o livro, ele tinha vendido apenas treze exemplares (p. 141). Dalton continuará fazendo pequenas tiragens de seus contos ao longo de sua carreira, distribuindo folhetos para uma centena de leitores privilegiados, mesmo depois de ter se tornado um escritor com fama internacional, disputado por grandes editoras.

E há uma razão para isso. O livro é, para ele, o próprio contista, que interfere na capa, dá sugestão quanto ao tamanho do fonte e escolhe ilustrações. Tanto na Civilização Brasileira quanto na Record, a programação visual de seus livros foi e é definida pelo autor. Ficaram famosas as capas com cartões eróticos do começo do século e as feitas por Poty, companheiro dos tempos da adolescência. Mesmo em grandes editoras, ele mantém uma produção amadora de livros que nunca se afastam do autor.

Enquanto não conclui uma nova coletânea, vai publicando pedaços em caderninhos artesanais, para ter uma percepção mais refinada do texto e poder melhorá-lo antes da versão nacional, que será sempre provisória.

Dalton é conhecido por ser um autor preocupado com a revisão, pois quer que todos os livros, mesmo os do início de sua carreira, sejam seus contemporâneos. Para ele, um livro só fica pronto quando o autor morre, até lá é obra inacabada, sujeita a cortes e acréscimos.

Não só seus contos, mas seus livros também são curtos – têm em média 120/130 páginas. A letra é grande, há espaços entre as linhas e as margens são generosas. Um autor que retratou seres humildes, vidas pequenas e que fez do erotismo uma de suas obsessões só podia produzir livros arejados. Quando vejo Trevisan, pequeno e magro, andando pela rua, discreto, anônimo e com uma disposição inacreditável para quem tem mais de noventa anos (está, portanto, na última edição), tenho certeza de que seus livros são a encarnação de quem os escreveu.

Se os autores se sentem os livros, os livros podem também assumir fisicamente a feição do autor.

Bibliotecas Promíscuas

No fim dos anos 80, com mais intensidade em 1989, ano em que praticamente não trabalhei, eu passava a maior parte de meu tempo na Biblioteca Pública do Paraná. Chegava às nove da manhã, saía apenas para um lanche no centro, voltava durante a tarde, gastando os olhos em livros que encontrava por acaso e em outros que buscava guiado por uma necessidade que eu mesmo me impunha. No final da tarde, comia um pastel especial, com ovo, num chinês em frente ao prédio da biblioteca, e voltava para meu posto, onde ficava até às 22 horas, quando os funcionários começavam a apagar as luzes; eu então me retirava, tomando um ônibus para a periferia. Mas tinha sempre um volume emprestado em minha bolsa e seguia lendo, levantando os olhos das páginas, de tempos em tempos, para não perder o ponto em que devia descer.

Quando se fala em um período feliz da vida, lembro-me desses anos de inteira dedicação à leitura, em que, para ficar alegre, eu não precisava fazer outra coisa além de abrir um volume escolhido no vasto acervo público e me perder no seu caminho de letras.

    Poderia levar o volume para casa, mas eu gostava de ler dentro desse ambiente aconchegante com livros por todos os lados – eu precisava daquele horizonte de milhares de obras da mesma forma que o naturalista só se sente bem no meio de uma floresta rica em espécimes de plantas e animais. Em meu apartamento, havia várias dezenas de títulos, mas eles não me davam esta proteção silenciosa da biblioteca. De vez em quando, me levantava e ia até a estante, folheava uma coletânea de poemas, lia a orelha de um ensaio ou qualquer outra distração do gênero, pois tão agradável quanto me concentrar na leitura era borboletear pelas prateleiras, descobrindo coisas por conta própria, sem a mediação de ninguém.

    Quem lê livros de biblioteca pública toma gosto por encadernações gastas e páginas com orelhas, o que dá aos volumes uma natureza meio humana. As campanhas de proteção dos livros de empréstimo nunca me seduziram, porque acho natural que a cada leitura o volume sofra um desgaste e que chegue a um ponto tal de esfacelamento que mereça a aposentadoria. Lendo estes exemplares já completamente remendados, eu olhava a ficha de empréstimo e via quanto eles tinham sido úteis, em quantas vidas se faziam presentes. Talvez fossem emprestados apenas mais duas ou três vezes, eu então os lia com prazer.

A relação intensa com os livros da biblioteca pública me obrigava a uma convivência forçada com os leitores. No geral, os frequentadores são alunos com tarefas escolares, um ou outro poeta cabeludo, os idosos que leem jornal e os loucos, grupo no qual eu talvez tivesse sido incluído por alguma das atendentes, pois o que levaria um rapaz a passar dias inteiros num prédio que, no inverno curitibano, era extremamente frio? Uma de nossas ideias feitas é a de que ler enlouquece. Já ouvi isso várias vezes e cheguei a fugir de loucos que liam e escreviam. Naqueles meus anos de leitor de livros públicos, eventualmente dividia a mesa com um senhor interessado nos clássicos, que falava várias línguas em voz alta, alheio a todos e a tudo. No começo, me atrapalhava aquela algaravia, mas acabei me acostumando. Este leitor estava sempre de paletó, calças sociais largas, amarradas por uma cinta de couro cru, sapatos imensos. Era uma réplica de Chaplin, mas crescido e com o olhar feroz dos assassinos. Entrava e saía da sala falando, sabia onde estava o livro que queria e não desperdiçava tempo, iniciando logo a leitura.

Durante quase duas décadas, deixei de frequentar a Biblioteca Pública do Paraná, mas na primeira vez em que voltei vi na sala de literatura o mesmo louco, como se fosse uma figura parada no tempo. E me lembrei então de um dístico de Sérgio Rubens Sossélla: "a biblioteca pública do paraná / não divulgou ainda quantas vidas foram salvas"

(p. 164). Com certeza, aquela era uma destas vidas. O que seria dele sem a biblioteca?

Em uma longa estada em Porto Alegre, eu ia todos os dias à biblioteca pública do centro. Ao contrário da nossa, esta funcionava em um prédio histórico, com um sistema de empréstimo verdadeiramente medieval. O leitor não podia ter acesso ao livro; ele solicitava o título desejado num balcão e sentava-se à mesa, esperando que o volume descesse por um pequeno elevador. Era então chamado, recebia a obra e podia tomá-la emprestada ou ler na sala com mesas antigas e cadeiras desconfortáveis.

Eu havia começado a ler *Os Ratos*, de Dyonélio Machado, sentindo o prazer de estar na cidade retratada pelo romance, quando um senhor de paletó e gravata, que andava como professor em dia de prova, me tocou no ombro, explicando que eu não podia levantar o livro para ler, ele devia ficar sobre a mesa, que tinha a inclinação ideal para a leitura. Coloquei-o no tampo de madeira, verguei ainda mais minha coluna e passei a tarde lendo.

Alguns dias depois, já familiarizado com a rigidez do ambiente, vi o mesmo senhor de paletó brigando com dois jovens. Ele expulsava o casal que, enquanto lia, ousou se beijar. Eu me senti meio constrangido, pois estava lendo um livro de contos eróticos. Deixei o volume na mesa e saí, tão ofendido quanto o casal.

Não entendo uma biblioteca em que os livros ficam distantes dos leitores. Ou em que eles permanecem compartimentados, como acontece com a maioria das bibliotecas universitárias.

Fruto de uma mentalidade estreita de especialistas, as bibliotecas divididas por setores têm ajudado a formar profissionais com visões limitadas, que pensam que cada área é estanque e que o convívio deve ficar restrito aos membros de seu grupo.

De todas as bibliotecas universitárias que frequentei, a única que não segrega os estudantes às suas respectivas áreas de interesse é a da Universidade Federal de Santa Catarina, que tem o formato de uma roda, com as prateleiras dispostas em sequências bem definidas, colocando lado a lado, sem divisões, livros de literatura, medicina, engenharia, química... Nas mesas, que dão para um belo pátio interno, eu encontrava livros de todas as áreas, deixados pelos alunos. E também largava ali os de literatura, na esperança de que pudessem parar nas mãos de alguém sem este gosto de leitura.

Quando todos os livros ocuparem um único e amplo espaço, quem sabe nós, leitores de literatura, possamos ser aceitos pelas pessoas do setor produtivo, rompendo assim esta contiguidade com loucos e aposentados. E, talvez, ao dividir conosco este território de leitura, os técnicos pudessem adquirir uma visão mais generosa do ser humano, esta categoria que se acasala.

Colecionar Livros

Jorge Luis Borges analisava, em suas aulas na Universidade de Buenos Aires, os escritores de língua inglesa que tinham exercido influência em sua formação. Mas ele dizia que cada aluno devia buscar os autores que lhes fossem essenciais, que não precisavam ser necessariamente aqueles tratados em suas aulas. Dono de um estilo nada afirmativo, em que a dúvida era um dos principais recursos narrativos, Borges tinha consciência de que não podem existir duas bibliotecas iguais, e de que um acervo só representa o possuidor se não for criado a partir de uma visão didática e padronizada.

Assumindo posição mais programática porque ligada a uma ideia de revolução literária, Ezra Pound sonhava com uma antologia da poesia universal de invenção, recusando tudo que não viesse com esta marca, que deveria ser a preferencial do leitor moderno:

> Ocorreu-me que [...] a melhor história da literatura, particularmente da poesia, seria uma antologia de doze volumes na qual cada poema fosse escolhido não apenas por ser um belo poema ou

poema de que a Tia Hepsy gostasse, mas por conter uma invenção qualquer, uma contribuição definida à arte da expressão verbal (p. 28).

Já dentro de uma perspectiva doutrinária, o poeta valoriza aqui o método em detrimento do gosto. No fundo, trata-se de uma visão reformadora e moralista (de uma moralidade estética), cujo objetivo é padronizar recepções segundo um conceito definido. Não é à toa que Pound se encantou com o fascismo, que também propunha a criação do homem novo, da juventude saudável.

Da minha parte, fico com Tia Hepsy, por pior que seja seu gosto individual. A literatura só faz sentido quando colada ao sujeito que a lê, principalmente a poesia, que, segundo Harold Bloom, tem como função nos despertar para a autoescuta: "poemas nos ajudam a conversar com nós mesmos, com mais clareza e intensidade, e, ao mesmo tempo, a *escutar* esta 'conversa'" (p. 74). Se sua recepção for comandada por um princípio metodológico, ela será apenas um item informativo, um móvel de erudição, sem vínculo com o leitor.

Nos últimos anos, quando os conceitos de vanguarda (tanto as estéticas quanto as sociais) entraram em declínio, houve um retorno a concepções mais tradicionais de cultura. O esfacelamento do campo literário fez com que fôssemos invadidos por uma enxurrada de textos indispensáveis, segundo os mais variados critérios. A modernidade assumiu a forma de ruína, em que tanto a coluna do templo principal quanto uma pedrinha qualquer perdida no chão guarda valor histórico. Alguns escritores e críticos tentaram recompor o templo, desprezando as pedras irrelevantes. E ressurgiu entre nós o conceito de cânone. Bloom liderou este movimento restaurador, propondo uma lista de livros essenciais, válida para o leitor de língua inglesa.

Passamos então a viver não dentro de uma biblioteca canônica, praticamente impossível nesse estágio de fragmentação social e estética, mas dentro de uma cultura de listas. E nova onda de arbitrariedade tomou conta dos meios de comunicação. No Brasil, tivemos os cem melhores (contos, poemas, poetas) do século, como se textos pudessem ser mensurados. Eu mesmo comecei a produzir um cânone tropical, que abandonei ao entrar no século xx. Que diferença há, para mim, entre Carlos Drummond de Andrade e Cacaso? Nenhuma. Ambos são poetas de minha eleição, embora os dois talvez não digam nada para todo um grupo de leitores. Descobri, meio constrangido, que quem propõe listas de melhores isso ou aquilo está exercendo, professoralmente, uma tarefa padronizadora.

Outro movimento, paralelo a este, é o da valorização cega dos clássicos, como se todos os leitores fossem obrigados a ler os principais livros da língua. Também aqui vejo um autoritarismo didático. Toda forma de leitura obrigatória é inócua, mesmo quando o livro é muito bom. Como não acredito na prioridade cronológica, que faz com que este ou aquele tempo seja melhor do que outros, não acho que o leitor deva primeiro ler os clássicos para depois se dedicar aos contemporâneos – ou vice-versa. O critério de escolha de leitura não pode ser este, e sim um imperativo interior, que torna urgente ler Dante hoje, assim que terminarmos os romances de Philip Roth.

Italo Calvino, em um de seus ensaios, diz que "os clássicos não são lidos por dever ou por respeito mas só por amor" (p. 12). Num momento em que se tornou inviável uma formação nos velhos moldes, segundo o escritor italiano, "só nos resta inventar para cada um de nós uma biblioteca ideal de nossos clássicos" (p. 16). Eu não usaria a palavra inventar, que dá uma ideia de escolha racional, mas a de colecionar os títulos clássicos que tenham sido escritos para nós. Pois muitos foram destinados a outros leitores, com outras afinidades, tornando-se indiferentes ao que somos. E só lemos plenamente com o que somos, jamais apenas com o que adquirimos, embora esta bagagem ajude na decodificação do texto.

Convidado para dar uma palestra sobre leitura a um grupo de estudantes de engenharia, fui questionado sobre o que eles deveriam ler. Queriam uma lista, mas me recusei a indicar nomes. Contei-lhes como surgiu o leitor em mim.

Como não tive uma biblioteca familiar, não herdei conceitos nem preconceitos, sendo obrigado a buscar por conta própria os livros que tinham algo para me dizer. Ao encontrar uma obra que me confrontava com minhas experiências, depois de ter lido sem maior interesse vários outros livros, eu buscava qualquer referência a outros membros daquela família. Um exemplo. A nota de abertura de *Memórias Póstumas de Brás Cubas*, de Machado de Assis, um dos autores que me fascinam por sua difícil história de vida e por sua literatura desmitificadora, fazia referência a certo escritor. Nunca tinha ouvido falar nele, mas seu nome, Xavier de Maistre, ficou gravado em minha memória e, assim que pude, li seu belo *Viagem à Roda de Meu Quarto*. Os livros essenciais para nós, tanto os clássicos quanto os contemporâneos, sempre nos conduzem a outros livros de igual importância. É assim que chegamos a uma biblioteca pessoal, colecionada com paciência e amor, ao ritmo de nossa cadência cardíaca.

Da Arte de Ler Jornais

Anos atrás, durante uma dessas guerras do Oriente Médio, perguntaram a José Paulo Paes se ele estava acompanhando o noticiário sobre o conflito. Talvez por ele ter sido da esquerda e um dos poetas que revolucionaram a lírica nacional, com uma poesia irônica sobre os anos da ditadura, o jornalista esperava a resposta politicamente correta: sim, ele sabia de todos os pormenores, tinha lido os principais jornais, conhecia o nome dos militares envolvidos. Mas José Paulo era um homem de idade, tinha uma biblioteca vasta, estava aposentado e guardava um desejo de lidar com coisas duradouras. Respondeu que não acompanhava o noticiário da guerra, preferia reler Homero pela décima vez, porque, mais do que qualquer outra, lhe interessava a Guerra de Troia. Esta resposta foi reproduzida fora da entrevista, com um título que revela a lógica do jornalismo: "Um Alienado". Por um vício egocêntrico, achamos que o presente é maior do que o passado, e que devemos fidelidade cega a ele. Tudo que não confirmar isso passa a ser combatido.

De uns anos para cá, encontro vários jornais diários em minha mesa de trabalho, todos me desafiando com sua massa compacta de letras. Se não os leio até o fim do dia, levo para casa, mesmo quando as notícias já envelheceram, pois o prazo de validade delas é muito curto. Cancelei algumas assinaturas, mas ainda continuo sendo bombardeado pelos periódicos, que não respeitam meu desejo de ler clássicos, minha curiosidade por relatos de viagem e outras idiossincrasias. Como não quero me sentir alienado, me obrigo a folhear dezenas de páginas. Mas, para não perder muito tempo, desenvolvi um método. Todo assunto que aparece em mais de um jornal, geralmente as manchetes, é deixado de lado, pois não me interesso por aquilo que está no centro das conversas nos cafés. Muitas vezes, as fotos são as mesmas, daí nem leio a legenda, passo os olhos por cima, vou atrás do diferente, que não raro é um assunto banal, de bairro, como o mistério de uma multidão de gatos que tomou o cemitério da Água Verde, um velhinho analfabeto que toca música nos violinos fabricados por ele com material da sua região, uma invasão incontrolável de lagartas em certa rua do Batel, uma crônica sobre culinária, a carta de um leitor protestando contra os macacos no Passeio Público... São estas as matérias que me seguram num jornal, depois de eu ter recusado gastar alguns segundos com a legenda de uma foto referente à situação de desespero econômico na Argentina. E tenho que fazer um esforço para me lembrar onde fica mesmo a Argentina. Daí me lembro de Cortázar e de Borges e o país ganha cor em minha memória. Planejo então reler a obra dos dois assim que sobrar um tempinho.

Sou mesmo um grande alienado, que vai descartando os jornais, atirando ao lado da mesa os cadernos já devidamente lidos, segundo meu processo dinâmico. Os de esporte, economia e congêneres não são sequer abertos, sei que não haverá nada para mim ali. Fixo-me mais nos cadernos sobre o cotidiano. A página política me passa absolutamente esvaziada de emoção. Ao final de vinte minutos, uma pilha de papel está ao lado de minha mesa, com um destino certo: o esquecimento.

Dos vários jornais, fica uma minúscula parcela, pois o poeta já nos disse que de tudo fica um pouco. Às vezes um botão. Às vezes um rato. O resíduo de minhas leituras é mais insignificante ainda. Recorto a pequena matéria que me chamou a atenção e guardo em pastas que um dia, quando meu corpo deixar de existir, algum curioso vai encontrar cheias de irrelevâncias. Não será o rato de que falava Drummond, apenas o seu ninho, feito com papéis picados.

Pois saibam que estas notícias mínimas valem para mim mais do que os tratados sobre a última guerra no Oriente ou a sucessão presidencial, são documentos sobre pessoas anônimas que passaram a fazer parte daquilo que entendo como minha experiência biográfica. Algumas não me renderão nada, e o papel vai amarelar mais rápido ainda, revoltado com meu desprezo, mas outras entrarão, deformadas, em romances, contos, poemas e crônicas. É apenas por isso que as guardo, pois podem se transformar em móveis de minha literatura.

Uso o mesmo método para os cadernos de cultura. Quando um livro tem publicidade simultânea nos grandes jornais, passo por cima da matéria. Não leio também as resenhas feitas por conta dos lançamentos, mas tenho uma queda por entrevistas, relatos de visita à casa deste ou daquele escritor, uma crônica sobre o sítio daquele grande contista. Paro e leio o primeiro parágrafo. Quando encontro um lugar-comum, um chavão, abandono a leitura, pois desses textos não exijo apenas a escrita competente, mas principalmente a agradável. Acabo ficando com uma notinha marginal, com uma crônica perdida no meio do noticiário de cultura ou com uma ilustração. Por pudor, não jogo fora os cadernos de cultura. Guardo para ler mais tarde, e eles se perdem na bagunça de minhas gavetas e armários, descansando até a próxima faxina; daí olho para ver se ainda faz sentido ler aquelas matérias, depois de um ou dois meses de sua circulação. Quase nunca me entusiasmam, pois desapareceu o único fascínio que elas tinham, o de ser notícia quente, assunto do dia.

Nunca leio os jornais de fim de semana nos finais de semana. É um perigo. Domingo é dia de tédio, tenho que usar bem o tempo, e os jornais, sempre mais encorpados, me roubam horas e me aborrecem com seus cadernos especiais. Na segunda-feira, retiro apenas as páginas do cotidiano e as de cultura e corro os olhos em busca de alguma coisa que tenha conseguido durar até o dia seguinte.

Em nome da amizade, me dedico à leitura das colunas de escritores e jornalistas que conheço. Quando encontro uma referência ao presidente da República, abandono sem dó o texto. Se vejo que é sobre futebol, nem começo. E assim vou dando conta destas obrigações, pois no próximo encontro ou *e-mail*, o amigo vai me perguntar o que achei dessa ou daquela opinião dele. E ai de mim se não estiver em dia!

Com índole bélica, estou perdendo um por um esses amigos. É ruim ficar sem amizades, mas estou gostando por não precisar ler suas colunas todos os dias ou uma vez por semana. Depois de me afastar de um escritor com coluna diária, nunca mais me interessei por sua escrita e descobri o alívio de conquistar a alforria. Ganhei alguns minutos para procurar matérias mais interessantes, como a das quaresmeiras estressadas de São Paulo, que florescem continuamente, numa exuberância meio desesperada, por saberem que, devido à poluição, terão vida curta.

Muito curta.

Vende-se uma Casa

Por causa de minha mulher, *designer* de interiores, acompanho as revistas de decoração e confesso que prefiro essas leituras à maioria das disponíveis em tal formato. Uma coisa que observo nas revistas europeias é que sempre aparecem cômodos com nichos de leitura, prateleiras vergadas pelo peso de velhos volumes, e isso em várias faixas econômicas, pois ler é algo corriqueiro. Nas revistas brasileiras, os livros praticamente não têm visibilidade fora das tradicionais mesas de centro, onde descansam os volumes sobre arte, objetos meramente decorativos, revelando assim a pobreza cultural de uma sociedade que vive mais para os espaços coletivos.

Construída em duas fases, a primeira em 1997 e a segunda em 2003, nossa moradia foi sendo organizada para longos períodos de reclusão. Deve estar muito distante do padrão ideal das habitações da classe média brasileira. Num terreno de quinze por quarenta, levantamos a casa com o recuo mínimo da divisa da frente, cinco metros, destinados a um jardinzinho com caminho de pedras – de um lado um bambu musso; do outro, três cicas.

No *hall* de entrada, que se comunica por um degrau com a sala de visitas, há apenas uma chapeleira dos anos 1930, um tapete e duas poltronas. É neste espaço fresco – o piso da área térrea é todo de cerâmica – que gasto parte das manhãs, quando o sol nasce do outro lado da casa.

Na sala de visitas (com imensos sofás coloridos, uma mesinha central de ferro, um velho armário holandês de linhas retas, cheio de livros, e uma mesa de imbuia redonda feita com os restos de uma peça do início do século), não apenas recebo os poucos amigos – em casa nunca há festas ou comemorações –, mas também leio deitado, movendo os almofadões do sofá para acomodar-me melhor.

Em frente a esta sala, separada por uma porta de vidro e dando para o jardim, fica a pequena saleta com janelões de vidro. É quase um solário, mobiliado com sofás de vime, meu lugar preferido no começo da noite, quando, vidraças abertas, entro em contato com a rua.

Entre o piso térreo e o superior, localiza-se um espaço de passagem destinado à sala de televisão, com sofás, também usados para leitura, principalmente depois que todos vão dormir.

No quarto de visitas, apesar do armário com prateleiras e uma bancada com lâmpada de leitura, o móvel que domina é a poltrona, acompanhada pela luminária. Nas insônias entre duas e cinco da manhã, uso este lugar para me deliciar com um dos muitos livros que estão sempre espalhados pela casa.

Se está para amanhecer, gosto de ler numa cadeira de balanço em meu quarto, tendo ao fundo uma parede de tijolos de vidro, apenas a luminária acesa, para não perder a chegada do dia. No quarto, há ainda uma poltrona, com molas que rangem desde a década de 1920, recapada com tecido moderno, formando conjunto com um armário do mesmo período, onde me esperam mais livros. No quarto, gosto de ler principalmente nas tardes de fim de semana, depois da sesta.

Dentro da casa, os livros são encontrados apenas no varejo, estão por ali os que vão ser lidos nos próximos dias, perfilados em prateleiras ou abandonados no lugar mais próximo de onde eu os estava lendo. A casa não tem a função de arquivo, é lugar de trânsito. Depois de lidos, eles vão para a biblioteca, construída a partir da divisa dos fundos do terreno, setenta metros quadrados sem janelas, apenas uma linha de vidros móveis para ventilação no alto da parede, e a porta centenária, com suas janelas de vidro e grades em ferro sem solda. Na biblioteca, construção que literalmente é um caixote de livros, projeto de André Largura, ficam as várias prateleiras de aço, destas bem comuns, a mesa do computador, o arquivo e um velho sofá de dois lugares, coberto por uma colcha azul-celeste. Este sofá serve para a consulta mais demorada de alguma obra. Para as folheadas rápidas, uso as banquetas de metal, abandonadas diante das estantes.

Entra-se na biblioteca por uma varanda formada por duas pranchas de cimento cru, onde me sento, nos fins de tarde, para contemplar os mais belos pores do sol. Na varanda foi pendurada uma das nossas redes, ao lado da moita de bambus que cresce entre pedras de rio. Nesta rede e na que fica na sacada de meu quarto, faço as leituras mais amenas. Elas já estão desbotadas, pois permanecem sempre estendidas e não as recolhemos nem em dias de chuva.

Entre a biblioteca e a casa, localiza-se nosso melhor espaço, um jardim com palmeiras e outras plantas. Nas ensolaradas manhãs de domingo, gosto de ler deitado de bruços numa esteira sobre a grama, acompanhando de perto o trabalho das formigas.

Logo depois do almoço, leio no banco de jardim sob as palmeiras, observando a algazarra dos pardais nos muros, o andar episcopal dos sabiás na grama, os primeiros reflexos do sol nos vidros elevados da biblioteca.

À tardezinha, sento em torno da mesa de praia, dessas de alumínio pintado, centro de um pátio de cimento que separa a casa do jardim, e leio na companhia agradável de uma cerveja, da cuia de chimarrão ou de um copo de suco.

Estes meus muitos lugares de leitura denunciam minha inquietação, estou sempre passando de um assunto a outro.

O onde escrevo, no computador da biblioteca ou no do quarto de empregada, transformado em miniescritório, não é importante para mim, mas o onde leio é o território do prazer, em nome do qual fomos erguendo e organizando nossa casa. E estes espaços para a leitura sempre crescem. Pretendemos agora plantar um plátano e, sob a pérgula, que está sendo coberta por trepadeiras sete-léguas, instalar um banco de madeira com almofadas impermeáveis.

Minha mãe conta que, em nossa família de agricultores, os pais julgavam os pretendentes das filhas pelo estado da roupa. Se exibiam as partes frontais das calças gastas, eram trabalhadores. Se os remendos se localizassem na região vergonhosa das nádegas, eram preguiçosos e deviam ser evitados. Não sei se isso influiu em minha obsessão por bancos, poltronas, redes, cadeiras, mas o fato é que o leitor profissional que sou não consegue deixar de amar estes objetos para o ócio instrutivo, centro de minha vida e de nossa casa.

A Biblioteca Afetiva do Crítico

A biblioteca do crítico é composta essencialmente por ferramentas de trabalho, livros de referência, ensaios e historiografia. Mais de dois terços dela são desses utilitários, tão fundamentais para o ofício exercido por alguém que nunca entendeu a internet.

1. *Assim, temos a primeira definição do crítico: é alguém que pensa o livro.*

Escrevendo artigos semanais, com pequenas interrupções, de 1942 até o fim de 2009, passou pelo crítico quase toda a literatura brasileira válida do período. E o verbo *passar* aqui é terrivelmente exato. O crítico não guardava os livros. A sua biblioteca maior, constituída até 1992, quando ele se aposentou nos Estados Unidos, foi vendida para a Universidade de Princeton. O crítico retornou leve à cidade de sua infância.

Dessa biblioteca imensa restou apenas um livro que ele recebera de presente de seus contemporâneos de escola: a 13ª edição de *Os Sertões* (Livraria Francisco Alves, 1936), de Euclides da Cunha. Diz a dedicatória coletiva: "Pro nosso colega, este evangelho do Brasil – a ser manuseado toda a vida, e meditado pelas gerações de agora – que, movidos pela amizade que sempre nos irmanou, nós lhe oferecemos de coração. Em 29 de novembro de 1937". Longe de ser um exemplar de colecionador, é a célula máter de seu pensamento.

2. *Temos aqui uma segunda possibilidade de definição: crítico é o profissional que guarda os livros em seus artigos.*

Ele, portanto, não precisava mais das obras depois de encontros marcados por uma alta rotatividade. Restava-lhe descartá-las. Nas duas últimas décadas, o crítico as doava mensalmente à biblioteca pública, pois choviam livros de forma torrencial em seu pequeno escritório. Os volumes chegavam e logo partiam, lidos ou virgens, mas todos acabavam de alguma forma retidos, ou nos artigos ou nos fichários implacáveis que rastreavam nosso ano literário.

Leitor severo, lia com uma caneta vermelha na mão, destacando principalmente as passagens das quais discordava. Afundava a caneta no papel, fazendo apenas dois tipos de intervenção: um asterisco nas margens ou o grifo de um trecho curto. Poucas anotações, nenhum comentário, e a tinta vermelha interferindo na paisagem da página.

O crítico lia muito na cama, à noite, tendo criado ironicamente um método de julgamento: "Se eu não dormir é porque o livro é bom". Não consta que ele sofresse de insônia.

E seus artigos saíam com tudo o que ele pensava sobre a obra que acompanhara durante parte da noite e que terminara de ler durante o dia, já no escritório. Amenizava os elogios – erra-se mais elogiando –, mas era implacável (com o livro) na hora das restrições: nunca deixe suas críticas sugeridas, diga-as com todas as palavras, pois o estrago é o mesmo.

3. Uma terceira definição se anuncia: é crítico quem não respeita esta entidade divinizada, o livro.

Esse desrespeito é necessário para quem quer respeitar a literatura. Muitos exemplares da bibliotequinha do crítico estão estropiados, com a encadernação destroçada. Ele abria os livros sem receio de estragá-los. E escrevia seus artigos sem nenhum medo de desagradar. Recebia com um sorriso jovial as reações ofensivas. Não as comentava, já estava produzindo mais um texto, ocupando-se com outras obras.

4. E nova definição se impõe: a crítica é a arte de ser empurrado para frente; e o crítico, o andarilho das letras.

Triste definição essa para o crítico, que sofria de paralisia infantil. Ele só podia andar pela cidade das letras, ficando a maior parte do tempo em casa. Se pouco se movia, a fila de livros era sempre outra a cada manhã.

Na sua pequena biblioteca, um terço dos livros era de literatura criativa. Ali estavam os autores admirados pelo crítico; alguns volumes com dedicatórias, outros enviados diretamente pelas editoras. É a área afetiva.

Livros retidos, que não serviam para consulta, que já tinham sido lidos e, no entanto, continuavam ocupando as prateleiras pequenas e exigentes. Nelas, não há raridades bibliográficas. Ele doou, por exemplo, a primeira edição autografada de *Grande Sertão: Veredas*, de Guimarães Rosa. E nunca teve o menor remorso. Não comprava livros difíceis, usando os exemplares das bibliotecas públicas.

5. E eis outra definição provisória do crítico: é quem possui poucas prateleiras, administrando quais títulos merecem habitá-las.

Com um método tão rigoroso, não tendo sido nunca uma pessoa emotiva (a primeira pessoa do singular para o crítico é obscena), guardou os livros de alguns amigos.

Sim, mesmo um crítico impiedoso teve um ou outro amigo. Companheiro da revista *Joaquim* (Curitiba, 1946-1948), alguns livros recentes de Dalton Trevisan estão em sua biblioteca. No exemplar de *Em Busca de Curitiba Perdida* (1992), na sua letrinha miúda, e num estilo telegráfico, Dalton escreve: "Com os melhores votos de seu velho amigo". Era uma tentativa de reconciliação. Nos últimos anos, eles não se conversavam.

6. *Mais uma definição: o crítico é alguém que tem dificuldade de fidelizar amigos.*

Mas isso pode acontecer. As dedicatórias de Lygia Fagundes Telles vertem mel para o crítico e sua mulher, memória talvez de encontros antigos, quando eles frequentavam de passagem uma ou outra roda literária em São Paulo. Em *A Noite Escura e Mais Eu* (1995): "O abraço de muito bem-querer, todo o carinho! A Lygia". Mais insistentemente agradecidas são as dedicatórias de Rubem Fonseca, que também se refere à mulher do crítico. Rubem repete a mesma dedicatória em dois livros – *A Confraria dos Espadas* (1998) e *O Doente Molière* (2000): "Ao meu descobridor, com amizade e admiração". O primeiro artigo sobre Rubem foi feito pelo crítico.

7. *Tentemos melhorar a definição: crítico é quem tem a coragem de reconhecer os talentos antes de todos.*

Outra presença central nessas prateleiras estreitas é a de João Antônio. Seus livros trazem dedicatórias que também atestam o papel do crítico na consolidação de sua obra, como em *A Dama do Encantado* (1996): "Mestre, que dá incentivo e acompanha este pessoal desde o seu surgimento, em 1963. Com o abraço de seu leitor". Aqui, o valor está no fato de ele – tido como um conservador – dar atenção a esses seres marginais desde o surgimento do escritor.

8. E eis mais uma variação: crítico é quem acompanha longamente a produção literária.

São poucos os escritores que entraram nessa biblioteca afetiva – como Alberto da Costa e Silva, Ivan Junqueira, Affonso Romano de Sant'Anna, Luiz Antônio de Assis Brasil, Moacyr Scliar. Eram os amigos a distância, pois o crítico pouco saía e não era nada expansivo com quem o procurava ao vivo ou por telefone.

9. O crítico é um amigo da literatura e não dos autores, algo impensável nesta era relacional.

Mais de meia década depois de tudo, ainda não é possível pronunciar o nome do crítico – tão esquecido na morte quanto na vida.

10. Última definição: só é crítico quem se aceita invisível.

Biblioteca dos Livros Únicos

Li, não me lembro onde – há uma vasta área da minha biblioteca interior não catalogada –, que Mallarmé, por brincadeira (ou a sério), disse que gostaria de fazer a edição de um único exemplar de *Um Lance de Dados* – e este seria destinado a Deus. É uma bela metáfora para a compreensão plena de um livro-fragmento, da leitura como junção de partes sem hierarquia, que só se realizaria na idealidade.

Eventualmente, consultando minhas prateleiras, encontro poemas escritos a lápis, aforismos ou falas de algum personagem que já nem sei quem seria. Durante a leitura, e muitas vezes estimulado por ela, pois esta atividade me reorganiza as sensações, sai um desses improvisos, que ficarão sepultados em títulos alheios.

Tal ocorrência me fez imaginar um personagem que fosse um poeta extremamente radical.

O meu herói resolve, desde o início da carreira, não tornar pública a sua produção. Não por falta de oportunidades de divulgação. Trabalha como resenhista em revistas e jornais (caminho para a celebridade), conhece editores, tem um salário suficiente para fazer uma edição pessoal, e tudo isso funciona como um perigo a ser pacientemente evitado. Como o religioso que vê as oportunidades de sucesso como tentações do diabo. Quanto mais espaços para publicação, mas ele se volta para seu mundo particular.

Escreve a partir de um momento os seus poemas unicamente nos livros que mais admira, sem ter outra cópia deles, e os enfia nas prateleiras várias de sua vasta biblioteca. Escrever como uma forma de inchar discretamente o que já existe, projeto de um enigma editorial. Para reencontrar os próprios textos, deve identificar quais livros, ao longo dos anos, foram fundamentais para ele.

Para ler a sua poesia completa, o eventual leitor – que só poderá ser um herdeiro de sua coleção – terá que revirar às cegas todos os volumes. Ao encontrar um poema, será obrigado a ler também o livro em que ele estava, para ver quais as relações entre eles, de tal forma que os textos semeados nas obras constituiriam uma lista secreta das grandes leituras feitas pelo poeta.

Este poeta morreria inédito, pois não existe ato mais heroico do que dedicar uma vida e toda a genialidade a uma obra que não quer se exibir, que programaticamente deseja desaparecer.

E aqui recorro a um escritor português.

Já avisando: não é Fernando Pessoa.

E sim o desbocado e libertino Luiz Pacheco, que publicou 35 opúsculos e perdeu, depois de escritos ou mesmo antes de escrever, 46 outros títulos. Morando em casas precárias (no sistema de república), quartos alugados e asilos, ele ia dispersando os seus cadernos ou abandonando a escrita deles por falta de condições de trabalho. É o grande mestre da obra que não existiu. Diz em seu *Diário Remendado*: "já fiz milhões de projetos (literários, é do que se trata agora), que ficaram em títulos, em papéis a rasgar e muitos rasgados" (p. 190).

O meu poeta transformaria esta propensão para o desperdício de seu talento em um projeto consciente de ocultação de textos. E viveria feliz, esperando a chegada do leitor que o descobriria postumamente. Ou que não o descobriria. Porque na eternidade isso já não faz a menor diferença.

No plano da realidade, minha biblioteca guarda alguns exemplares únicos, que não foram destinados nem a Deus – que não tem tempo para este tipo de leitura, tão interessado anda nos jogos eletrônicos, pelo que suspeito.

Depois de várias tentativas frustradas, a partir de 2007, mantenho um diário onde escrevo tudo que julgo relevante sobre minha vida. Estes diários nasceram num momento em que perdi completamente a crença na crítica como atividade pública de formação de leitores, gênero em que me exercitei por duas décadas. O espaço para a análise de livros nos meios de comunicação diminuiu principalmente porque o leitor não se interessava mais por estas análises. O baixo índice de leitura das colunas sobre livros, que pressupõem um formato mental coletivo, é, por sua vez, produto de uma idade da comunicação em que só restam tempo e disposição para anúncios. Por outro lado, o crítico que escreve com rigor consegue o ódio de todos, pois na era da propaganda apenas os releases de assessorias são bem-vindos.

Nos meus diários, digo o que penso de minhas leituras, de autores que gozam de uma fama construída pelos grupos no poder, de prêmios e de profissionais do ramo. O diário se tornou assim um jornal pessoal, em que eu informo a mim mesmo o que está acontecendo no universo em que orbito. É talvez a minha maior experiência como escritor, porque abstraí completamente o público e por isso posso tentar a verdade rude das constatações íntimas.

Paralelamente às anotações de leitura à margem dos livros – a face espontânea dos julgamentos –, há este exercício de sinceridade suicida, de mim para mim, em que destilo todo o fel que se deve esperar de um leitor devoto ao ofício. Um fel contra modismos, ideologias, truques mágicos de *marketing* etc.

Crescendo em minhas estantes, falando mal de todos, e principalmente de mim mesmo, estes livros proibidos aumentam lentamente a biblioteca. Por enquanto, só podem ser lidos na íntegra por quem os escreveu com a tinta impiedosa da solidão.

E este por *enquanto deve* ser entendido como uma ameaça.

Egoteca

Para organizar antologias – toda antologia é uma biblioteca de bolso –, pedia contos a vários autores. Um dos que me mandaram foi Moacyr Scliar, e fez isso imediatamente, pois ele não era de perder tempo. Avisou apenas tratar-se de coisa já publicada. Eu quis saber em qual livro ou se em revista ou jornal. Ele me enviou uma resposta ligeira dizendo que não fazia a menor ideia.

Autor profícuo, atendendo muitos pedidos de colaboração, ele não tinha mais controle de uma obra que existia desvinculada de seu autor. A escrita regular para a imprensa produz este efeito centrífugo, afastando-nos de nossas produções.

Tal compreensão me levou a criar em *site* com perto de mil resenhas de livros, organizando-as pelo autor da obra e pela data de publicação. E dei ao endereço na *web* o mesmo nome deste livro – *Herdando uma Biblioteca*. Neste conjunto de análises estavam as sombras das leituras feitas naqueles anos, pois contemplam apenas os lançamentos. Mas queria deixar *on line* a parte visível de meu tempo dedicado aos livros, como quem constrói uma biblioteca para seus volumes.

Ordenado este material, passei a recolher as centenas de crônicas a núcleos temáticos, numa coleção prevista para ter dez volumes – os cinco primeiros já foram publicados. Dentro da biblioteca vão surgindo outras bibliotequinhas, que servem como experiência de unidade no grande movimento de dispersão que é um coletivo de livros, papéis, cadernos, jornais e revistas de um autor em tempo integral.

Aos cinquenta anos, é hora de começar a olhar para o que foi feito, achando a melhor forma de dizer aquilo que já foi dito. Este desejo de limpar os textos e dar a eles uma forma menos impura desencadeou a criação de um selo – Container Edições – para publicar títulos de minha autoria ou projetos coordenados por mim. Trata-se de uma editorinha autobiográfica.

Consequência: uma seção de minha biblioteca cresce num ritmo maior nos últimos anos.

A dos meus próprios livros.

Eles não ficam nas prateleiras para os autores com sobrenome iniciando em *s* – outra letra vasta – e sim em uma estante na parede atrás de minha mesa de trabalho. Organizados por ordem de edição, estão à mão para eu pesquisar algo, para tirar alguma dúvida e também para me orientar. Quero saber exatamente o que já fiz para não repetir recursos e estratégicas, ou justamente para repetir, se for o caso. Preciso desta visão do todo para continuar tentando o novo.

Logo abaixo descansam as antologias, revistas e coletâneas que trazem alguma contribuição minha. E mais os exemplares de autor dos livros mais recentes. Eu escrevo dando as costas para o que já escrevi. Esta a imagem que me fica. Como se o Miguel Sanches Neto que está naqueles livros olhasse sobre meus ombros para ver o que ando produzindo agora. É como no tempo da escola em que o professor se aproximava do aluno, postando-se atrás dele, enquanto ele conclui uma lição ou responde uma prova. De tempos em tempos, o aluno olhava para o mestre em silêncio, encontrando-o mãos para trás, postura de águia.

É sempre um peso trabalhar com este fiscal que nos observa, exercendo uma presença censora, uma crítica silenciosa ao nosso trabalho.

Eu-no-tempo, estes livros, as pastas com recortes de jornais, os diários e os cadernos de rabisco formam minha egoteca, uma biblioteca em que se repete o mesmo autor em vários gêneros.

Há ainda o memorial mínimo do revisor. Alguns volumes sofreram muitas mudanças, feitas com tinta, e eu guardo tais exemplares. E também os relatórios de correções de provas enviados para a editora. É um subconjunto da egoteca, que chamo de erroteca.

O próprio selo editorial e o *site* são extensões públicas, abertas à visitação, deste conjunto de textos de um autor que não quis apenas publicar uns livros. Desejou ser confundido com eles.

– Você não é um escritor e sim um pequeno sistema editorial – diz minha mulher, com ironia.

Sigo assim o caminho inverso de um argentino que publicou um único romance – *El Verano de 67* –, mandando a vários amigos e críticos para, logo em seguida, procurar estas pessoas para resgatar os exemplares e queimá-los. É com este intuito que telefona para Adolfo Bioy Casares, achando que ele detém uma dessas provas de seu pretenso crime literário. É Manguel quem explica a Bioy que eles possuíam realmente um exemplar, mas não dariam a ele por ser a última cópia de um livro excelente (*Borges,* p. 1250).

Eis uma parábola da responsabilidade do leitor em relação a uma obra negada pelo próprio criador. Entendo este papel de guardião de obras como algo extremamente importante para a continuidade da literatura. É preciso dar um direito de autobiografia editorial aos livros. No meu caso, aos meus próprios livros.

Também autor com uma obra centrífuga, Domingos Pellegrini prefere colaborar para o desaparecimento de seus livros, o que tem alguma beleza. Ele me escreveu recentemente: "Estou em caminhada inversa à sua: em vez de me preocupar com obras completas, estou é querendo eliminar as obras que não prestam... Acredito na entropia, no desgaste, que descarta o supérfluo, o fraco, o insosso, o vazio, e foca no que tem condições de ficar".

Se há quem, tal como Pellegrini, ache que só cabe ao escritor escrever, e deixar tudo o mais a terceiros e ao acaso, existem outros que se veem implicados nas várias atividades paralelas e complementares da escrita. Que escrevem e se veem escrevendo, atuando para manter os escritos nas suas melhores versões.

Para estes, a biblioteca funciona como um minimuseu de si mesmos.

Assinatura como Autobiografia

Eu admirava a assinatura de meu padrasto, comerciante que precisava a todo momento emitir cheques, numa época em que não havia cartões eletrônicos. Por conta disso, muito cedo ainda, antes de minha firma ter qualquer valor cartorial, inventei algumas para mim. A ideia seria escolher a melhor, a mais elaborada. Mas fiquei com umas quatro rubricas, usando-as em momentos distintos, o que já indicava uma crise qualquer. Só escolhi uma oficial por causa do cartão de assinaturas do banco. E mesmo esta, tal como aconteceu com a do meu padrasto, foi sofrendo alterações, ficando a cada ano mais ágil, com menos detalhes, leve.

Na escola, tínhamos a necessidade de demarcar território, não deixar que ninguém se sentasse em nosso lugar. E isso me levou, como outros amigos, a um pequeno – e detestável – crime de depredação: escrevia meu nome nas carteiras. Era em letra de forma, num formato pacientemente inventado que apagava alguns dos traços das letras ao juntá-las. Fazíamos isso com a ponta de aço do compasso – talvez tenha sido a melhor utilidade dele para mim. Ao lado de meu nome, poderia aparecer o da menina por quem eu estava apaixonado, nesta gangorra que são os sentimentos de um adolescente.

Escrever o nome tinha, naquele período, um sentido de afirmação. Personalizar nossa passagem pelos bancos escolares. Era uma reprodução da lógica da chamada, mas também da placa de identificação, tão comum em repartições públicas, para que conheçamos o nome da pessoa que está nos atendendo.

Quando comecei a viajar, visitando lugares turísticos, vi quanto era inadequado o hábito de inscrever-se em paredes, pedras, monumentos. Um vandalismo promovido por um desejo adolescente de registrar nossa presença no planeta. Uma volta a hábitos da caverna, o primata inventando-se como mensagem.

Da escrita do nome para o carimbo foi um pulinho. Assim que consegui ter uma biblioteca só minha, mesmo que ainda muito acanhada, mandei fazer um carimbo para marcar meus livros, igual meu avô ferrava o gado com suas iniciais. Usei muito pouco este recurso, mas vez ou outra, consultando um volume daqueles que me acompanham desde sempre, encontro lá o borrão em tinta preta com o nome do distinto proprietário.

Dos livros alheios com meu nome passei a ter os meus próprios livros, onde o nome aparecia em destaque e bem impresso.

Em todo este processo, fui refinando minha assinatura, que agora é apenas um conjunto de riscos medianamente harmônicos. Quase não assino mais cheque, a demanda recaindo mais sobre contratos. E já a digitalizei, para que possa ser acrescentada a documentos sem minha interferência direta.

A força deste recurso é tão grande para mim que ela faz parte do meu romance *Chove Sobre Minha Infância*, em que conto a história desta forma de existir como assinatura, com risquinhos para cima e para baixo. Este modelo remete aos muitos exames de tomografia cerebral que fiz na adolescência. Não pensei nisto na hora, mas deve ter sido um padrão mental inconsciente.

Não foi esta, no entanto, a assinatura que passei a usar nos meus contatos diretos com os leitores. Por ser muito complexa, eu demoraria para transferi-la aos livros em que me pedem autógrafo. Restaurei então uma velha forma de desenhar meu nome, apenas o primeiro, com três traços e um pingo no *i*. Resulta em um gesto muito rápido, como se a caneta não me pesasse na mão. Há uma maneira, portanto, de assinar contrato e outra de personalizar meus livros. Uma mais formal, minha identidade no cartório e no banco, as duas grandes instituições de reconhecimento de quem somos pela letra. E outra do escritor. A primeira mais vertical; a outra quase só horizontal, fácil de fazer mesmo quando autografo em pé, sem apoio para o livro.

Mas não é este o principal uso que faço desta forma resumida de inscrever-me. Nos últimos anos, comecei a datar, colocar o nome da cidade e assinar todos os livros lidos, assim que concluo a leitura.

Da mesma forma que existem os volumes dos bibliófilos, em edições reduzidas, datados e assinados pelo autor e eventualmente pelo editor, faço dos exemplares lidos de minha biblioteca uma edição única. É uma espécie de diário de leitura, que vai ficando fragmentariamente disperso pelas estantes, localizando no calendário o fim da relação intensa com uma obra.

É uma estratégia de autografar livros alheios, de deixar neles, além das anotações de leitura, o momento em que eles passaram a fazer parte de minha biblioteca interior. Mais do que dizer "estes livros são meus" (função do carimbo), esta assinatura feita com lápis diz "estes livros são (ou foram) eu".

Tal crença me levou a um experimento autoral de autoedição. Eu escolhia livros meus ou de outros autores ou ainda cadernos e copiava – podia ser com caneta ou com lápis – os meus haicais. O projeto se chamou *Grafites*, e teve uma tiragem de nove exemplares, cada um com formato diferente. Encontrei apenas quatro deles, os outros devem igualmente ter se perdido nas estantes, sequela da última mudança da biblioteca.

O exemplar sete traz no seu colofão manuscrito as seguintes informações:

"*Grafites* foi copiado por MSN [uso também esta forma de assinar meu nome, principalmente nos *e-mails*] com caneta Pilot BPS-Grip 1.0, vermelha, e reúne seus haicais até a presente data. Em 20 de março de 2008 – quinta-feira santa. Ponta Grossa, Paraná".

E assim vamos criando uma biblioteca pessoal não como unidade, mas como dispersão de quem somos.

Ganhar e Perder Marcadores

Muito mais do que indicar em que página paramos, os marcadores de livro são companheiros de leitura, tão próximos quanto o lápis. Vamos recebendo estes brindes e não nos apegamos a eles. Deixamos em livros que não voltaremos a ler. Esquecemos no final dos que já foram lidos. E usamos para identificar uma passagem que serviria para alguma citação. E este desapego faz com que os marcadores estejam sempre viajando pelas estantes.

O mais belo que ganhei veio da China, com paisagem local feita com palha de arroz e um cordão de seda, que caía para fora do livro como mexa de cabelo loiro. Um presente do tradutor Li Ping, que guardo desde 1990. *Guardar* é força de expressão. Que deixo vagando por aí, entre páginas. Neste momento, não sei por qual livro ele anda. Mas tenho certeza de que uma hora vai aparecer, e eu contemplarei a paisagem, da qual não me recordo bem. Será uma alegria ver este marcador, que ficará uns tempos em minha mesa, até fugir rumo a um livro qualquer.

A maioria dos de sua espécie é comum. Brinde de livrarias, editoras e mesmo de autores. Sempre que me oferecem, não deixo de aceitar. Para escrever sobre alguns assuntos, destaco passagens a lápis nos livros consultados sem dobrar a página, deixando ali um pedaço de papel. Há momentos em que preciso de tantos que corto tiras de sulfite. Encontro muitas delas pelos livros, amareladas, mais velhas do que as obras onde estão.

Também uso cartões postais que recebo de amigos, nesta demanda eterna de sinalizar nossas leituras. Já encontrei uma cartinha do poeta Manoel de Barros marcando um livro de ensaios. Ele escrevia em cartões brancos, preenchidos com sua letrinha miúda.

Na hora de ler, nos valemos do que está disponível. Já usei para isso clipes, cartão telefônico, cartão de visita, propaganda recebida em sinaleiro, fio dental, barbante. Tudo serve quando não queremos deixar passar um trecho que nos marcará para sempre.

Esta mania foi transferida a um de meus personagens, o narrador de *Chá das Cinco com o Vampiro*, romance sobre o meio literário curitibano. Beto Nunes, quando jovem, rouba a calcinha de uma tia por quem era apaixonado, recorta os fundilhos e usa para sinalizar o ponto em que interrompeu a leitura. Diz ele: "Aquela tira de tecido passou a ser meu marcador de livros, o que fez com que tia Ester habitasse todos os volumes que, por aquele tempo, eu lia" (p. 28). Fica sugerida nesta passagem a concepção da leitura como uma experiência erótica.

Recentemente, estive mexendo com os papéis de Antônio Salles Filho, um professor mineiro que acabou, no final da vida, se tornando monge beneditino – com o nome de Frei Antão. Tinha escrito alguns contos bons e morrera no Mosteiro da Ressurreição, em Ponta Grossa.

Fiquei então sabendo que, nos anos 1970, ele esteve com Clarice Lispector na casa de Celso Cunha, no momento em que a filha deste cortava os cabelos com uma profissional que atendia em domicílio. Clarice também quis fazer o corte e Antônio Salles sequestrou uma mexa da cabeleira da escritora. E a reteve consigo por muito tempo, até saber que a Biblioteca Nacional tinha a guarda do pentelho do Imperador D. Pedro I, que o mandara, como amuleto erótico, em uma carta a sua amante. Como a carta foi recolhida aos arquivos de obras raras da Biblioteca, o seu apêndice também acabou conservado.

Espírito sarcástico, pelo depoimento inclusive de gente do mosteiro, ele mandou à Biblioteca os cabelos de Clarice: "Não sei explicar, mas uma força interior me fez apanhar uma pequena mecha, que é a que lhe passei como doação à Biblioteca Nacional, que guarda outras mechas famosas", diz ele em carta ao poeta Affonso Romano de Sant'Anna, então diretor da casa, que providenciou a conservação desta relíquia lá, em meio a livros, mapas, incunábulos, jornais centenários etc.

A Biblioteca Nacional não tem apenas documentos e obras de Clarice Lispector, mas um pedaço de seu corpo. E isso me faz lembrar das igrejas que visitei em Portugal e Galícia com as relíquias dos santos amados, motivo de peregrinação para os fiéis. Como Clarice está chegando à estatura de santa, não é de todo impossível que no futuro haja uma capelinha na biblioteca com a sua mecha, e que seus leitores a visitem, rezem, peçam intervenções.

Fora do plano da futurologia, fico cogitando como Antônio Salles usava esta mecha nos anos em que a manteve em segredo, como uma forma de contato com a escritora tida como bruxa, como alguém com poderes mágicos. E a imaginação me faz concluir que ele pode ter se valido dela, deliberadamente ou num momento de falta de algo melhor, para marcar livros. Ou mesmo para santificar os livros de Clarice, de quem foi devoto leitor.

Teria sido o mais simbólico marcador de toda a história da leitura. Um livro – não importa qual – como altar de uma relíquia da escritora, diante do qual o já por esta altura Frei Antão se ajoelhava para suas orações.

Os Inimigos da Biblioteca

Administradores Públicos – Geralmente são os responsáveis pela manutenção de acervos doados ou comprados por instituições e não dão a menor importância a estas coleções, que para eles não passam de um amontoado de livros velhos. Seguem os preceitos de uma filosofia de gestão que prega o desapego, o descarte de objetos acumulados. Na maioria das vezes não-leitores, exercem um desprezo ao livro primeiro destinando-os a lugares impróprios e depois se desfazendo deles. Quando responsáveis pela compra de novos títulos ou manutenção de bibliotecas, tudo fazem para economizar, exigindo sempre números que justifiquem atividades que para eles são dispendiosas. Se o leitor é um devoto do livro, os administradores são ateus, bárbaros investidos do poder destrutivo. Em *O Último Leitor*, David Toscana narra a história de Lucio, bibliotecário em Icamole, um lugarejo no deserto mexicano. Lucio recebe um comunicado das autoridades estatais dizendo que por falta de público a biblioteca será fechada. Escreve então uma carta irritada, lembrando que, "assim como a água faz mais falta no deserto e os remédios na doença, os livros são indispensáveis onde ninguém lê" (p. 30). Mas é impossível comover este tipo de autoridade.

Bar – É repetida por aí a frase famosa de Jaguar, cartunista que foi um ícone da geração dos anos 1970: "Intelectual não vai à praia. Intelectual bebe". Isso dá um pouco o padrão do intelectual de boteco, que mais fala de pretensas leituras do que lê. Como a identidade brasileira é dos espaços coletivos, o bar se fez uma instituição, mais arruinando a nossa capacidade intelectiva do que ampliando nossas percepções. Intelectual de verdade vai à praia com livro, pois ele investe todo o seu capital tempo na leitura. O bar, tido por muitos como escritório (lugar em que a pessoa passa a maior parte do tempo) é um grande inimigo da biblioteca. Para mim, ele só existe como feriado de leitura.

Bibliotecários – Geralmente gostam de ordem, de classificar rigorosamente os livros, para achá-los com mais facilidade e guardá-los mais rapidamente ainda, porque, nesta óptica, biblioteca boa é biblioteca morta. As bibliotecas muito organizadas funcionaram para mim como cemitérios verticais. O bom bibliotecário deve ser um casamenteiro, alguém que aproxima o leitor dos livros escritos para ele. E a melhor tarefa de um bibliotecário autêntico é a de separar o joio do trigo, tal como faz Lucio, narrador de *O*

Último Leitor: "Um especialista explicou o modo de ordenar os livros conforme o assunto, a data da publicação, a nacionalidade do autor e outras variáveis, atribuindo-lhes números e letras. Jamais falou de separar os livros bons dos ruins" (p. 95). A biblioteca como um todo pode ser mediadora de leitura. É assim a de Salamanca, que funciona em um antigo palácio, a Casa das Conchas, dividida em coleções temáticas, com poltronas perto das prateleiras, voltada não para guardar livros, mas para liberá-los aos leitores.

Celular – Sim, é possível ler textos em celulares. Eles não servem apenas para jogos, para navegar vadiamente pela internet. Podem ser um suporte literário, e em alguns casos cumprem esta função. Mas a leitura em celular, além de ser fragmentada, cheia de outras interferências e incômoda, é pouco significativa. Nos transportes públicos, nas salas de espera, em restaurantes e cafés, o que domina é o seu uso como entretenimento. Matando assim um tempo que poderia ser do livro. Mesmo para ir aos banheiros há agora uma preferência pela companhia deste aparelho, em detrimento de livros e revistas.

Cinema – Com o advento do canal Netflix, além da democratização de tevê a cabo (acessíveis a todos, pois há aparelhos piratas, que roubam sinal fechado), o lazer está completamente voltado para o cinema, para o pior cinema, os sucessos previamente fabricados nos Estados Unidos. Luiz Pacheco faz uma distinção de duas artes distintas: "Cinema apenas os Americanos é que fazem. Os outros países fazem filmes" (*Figuras, Figurantes e Figurões*, p.145). Uso esta divisão para dizer que o inimigo da biblioteca é o cinema, nesta acepção, e que a literatura encontra diálogo nos filmes, que são mais próximos da arte e se impõem de forma menos totalizante. Mas a ditadura do audiovisual, que tomou conta até das faculdades de Letras, embora promova um ou outro livro, queimou o tempo de leitura na biblioteca. Na sua visão aristocrática de cultura, *Borges* não tem medo de afirmar para Bioy Casares: "O cinema é para um público inferior" (*Borges*, p. 1301).

E-books – Se tornou acessível – tanto por ser mais barato quanto por ser comprado na hora – a leitura de livros, integrando o leitor instantaneamente ao mercado internacional, o *e-book* fez com que a biblioteca, enquanto espaço revestido com volumes aconchegantes, desaparecesse. A ideia de uma biblioteca virtual pouco tem a ver com a física e está mais próxima da Netflix, que disponibiliza uma lista de títulos de seus produtos. Os livros nas paredes são um isolamento acústico, como se nos protegesse da gritaria do mundo. O *e-book* é apenas parte desta gritaria. O culto ao livro precisa de um espaço de devoção: um armário (o altar), uma parede (a capela) ou uma biblioteca (a catedral).

Herdeiros – Uma coleção de livros assume a feição de seu dono e, a não ser que tenha um caráter didático qualquer, só serve para o gosto de quem a construiu. Será sempre difícil que os herdeiros se interessem em manter este acervo. São raros os casos como o de Luis Fernando Verissimo, que vive na mesma casa de seu pai e deu prosseguimento à biblioteca anterior, somando a sua à de Erico Verissimo. Os herdeiros tendem a doar (a pior solução) ou a vender. E mesmo os herdeiros intelectuais e não apenas biológicos fazem isso. Começa que receber uma biblioteca alheia é um problema logístico: arrumar lugar, transporte, manutenção, catalogação mínima etc. Quando o crítico e poeta gaúcho Paulo Hecker Filho morreu, em dezembro de 2005, a sua biblioteca de quarenta mil volumes tinha um destino certo: ficaria com o seu discípulo, o também escritor Paulo Bentancur. Este já morava no Rio de Janeiro e não pôde receber os livros. Nem foi revisitar a biblioteca (em Porto Alegre) para tirar alguns exemplares amados. Vendeu tudo a um sebo, o que não deixou de causar revolta em amigos mais próximos dos dois escritores. Mas ele apenas agiu como herdeiro.

Jogos de internet – Tal como o celular, os jogos na internet são comedores de tempo de lazer, o que reduz radicalmente o convívio com os livros. As últimas gerações já nascem dentro desta estrutura viciante, que pode apresentar conexões com a literatura, mas que consome a bateria das pessoas.

Jornais – Os jornais, tanto os impressos como os *on-line* (além dos *sites* de notícia) tentam afirmar o poder absoluto do presente. Achamos que devemos estar informados sobre o último escândalo, sobre os nudes de certa personalidade etc. A maioria não serve para nada a não ser alimentar nosso complexo de contemporaneidade instantânea. O excesso de informação é um aprisionamento ao instante fugaz, nunca tão fugaz como depois da massificação da internet, e ao mesmo tempo uma negação do direito à permanência mínima. Bioy Casares transcreve em seus diários uma opinião de Borges: "Há tanta atualidade que não há mais passado. O bom dos livros é que estão escritos para a memória. O mal dos jornais é que estão escritos para o esquecimento. O mesmo artigo, lido em um livro, fica na memória; lido no jornal, é esquecido" (p. 1292). O suporte livro seria o antídoto contra o Alzheimer coletivo, próprio de uma era de informações aéreas. Onde e como se lê faria a diferença. Ler para lembrar e não para imediatamente deletar.

Luz – Assim que mudei a biblioteca para a casa nova, seguindo os conceitos da anterior – janelas no alto das paredes, finas e horizontais –, percebi um detalhe inesperado. As portas, em três folhas imensas de vidro e mais uma janela fixa, que levam para a sacada, jogavam muita luz no cômodo. É nesta área mais iluminada que minha mulher projetou minha mesa de trabalho e a poltrona de leitura. Para estas duas atividades, a luz é ótima. Mas começou a queimar as encadernações dos livros nas prateleiras mais próximas. Como me descuidei, passaram-se meses sem proteção e isso fez pequenos danos nos livros. Ao perceber os estragos, mandamos instalar uma película protetora nas janelas, para não perder a paisagem nem a claridade, mantendo os raios de luz longe das encadernações. Livros também precisam de protetor solar.

Maníacos – Um ex-professor contava que, ao seguir para Roma, onde fez seu doutorado, deixou a casa sob a administração de uma funcionária muito eficiente. Nestes anos em que esteve fora, ela manteve tudo em ordem. Na falta do que fazer, resolveu se ocupar com os seus livros. Organizou-os todos por tamanho – ordem crescente – e depois foi encadernando com papel de embrulho, um por um. Quando o dono chegou, tinha uma biblioteca anônima, que já não podia ser consultada. Ele teve que restaurar a desordem para que ela funcionasse novamente. A biblioteca viva nunca tem regras muito rigorosas, que mais criam separações do que ajudam na organização do acervo. Uma certa confusão presidida por uma lógica simples é o melhor formato.

Maus escritores – Estes talvez sejam os maiores inimigos de uma biblioteca, levando este conceito a um rápido estado de inutilidade. Para que guardar tantos livros idiotas? Isso faz da própria biblioteca um lugar idiota. Por mais que cuidemos da faxina literária, varrendo este pó que se acumula involuntariamente em nossas estantes, e mais ainda nas estantes públicas, a má literatura sempre se insinua, reproduzindo-se de forma cancerígena e comprometendo a saúde do organismo todo. Os responsáveis por esta produção supérflua são principalmente: o mercado, os modismos, a vaidade e as ideologias. O mau escritor raramente é escritor por conta própria, sempre tem por trás dele uma reivindicação de lucro, de direitos, de atenção, contando com as corporações, os clubes, o sistema econômico e os meios de comunicação. O mau escritor é um ser coletivo, portanto, o que lhe dá um poder imenso sobre os bons escritores, esses seres de uma solidão a toda prova. Todo bom escritor é uma aposta na condição futura de clássico. (Clássico: o que sobrevive às várias contemporaneidades.)

Séries televisivas – As séries de tevê se valem da fórmula do folhetim para impor-se como arte. Desfeitas as barreiras entre cultura e cultura de massa, o mercado ficou totalmente entregue à última. As grandes empresas de cinema encontram nos seriados um similar do filme para o formato tevê. E são tantas séries e com tantas temporadas que para um público de zumbis nunca sobrará tempo para mais nada. A moda agora é a maratona: fechar-se em casa para passar um fim de semana inteiro vendo uma série, na sequência. Na área impressa, surgem também os livros de sagas, que não largam o leitor viciado neste mecanismo de sempre mais do mesmo. Uma sala de tevê em funcionamento 24 horas por dia: minha imagem do inferno contemporâneo.

Traça – O inimigo mais inofensivo da biblioteca. Até encontra certo prazer – o de degustar – nos livros. E deixa escritas perfuradas nos volumes, como quem tenta se comunicar conosco.

Umidade – Por ficar muito fechada e conter material absorvente (papel), a biblioteca é propensa a mofo. Deixei umas caixas de livros na estante, mas encostadas na parede, durante o ano que passei fora do Brasil. Ao voltar, as caixas vertiam água, com os livros inchados, como cadáveres prestes a se decompor. A umidade pode aumentar com a leitura de certos livros que nos comovem até as lágrimas. Uma biblioteca só é de fato séria depois que ficar com um ar de coisa estragada.

Web – Com a internet, passamos a comprar muito mais livros, que chegam pelos correios. Isso foi uma salvação para melhorar o catálogo de nossas bibliotecas. E sou grato à *web*. Mas ela também consome muito tempo, levando-me a coisas que estão desparecendo no exato momento em que tomo ciência delas. "Como o mar, a *web* é volátil: 70% de seus conteúdos duram menos de quatro meses. Sua virtude (sua virtualidade) produz um presente constante – o que para os pensadores medievais era uma das definições do inferno" (Manguel, p. 32). O peso dos livros vergando as estantes promete alguma permanência nestes tempos da obsolescência programada dos conteúdos culturais. Se é o próximo capítulo da série que conta, na biblioteca D. Quixote vai sempre valer mais do que a maioria dos livros que veio depois dele.

Mudando a Biblioteca

Foram mais de seis anos de habitação literária da biblioteca na casa em que morei na rua Joaquim de Paula Xavier, e que acabou vendida a quem não a merecia. Uma casa que construímos conjugando nossos sonhos só podia pertencer a pessoas que nos fossem próximas. *Deixo para você, comprador, paredes que conhecem meus estremecimentos.* Mas esta casa estava condenada ao equívoco.

Construída no final do bairro, próxima da porteira de uma fazenda, ela padeceu da expansão dos condomínios fechados. E nossa rua se tornou tão movimentada que eu, extremamente sensível ao barulho (neurótico de guerra, das minhas guerras interiores), não conseguia mais dormir nem trabalhar.

A humanidade tem essa mania de forçar sua presença pelos ruídos. Não havia como permanecer no velho e amado endereço, onde eu plantara uma romãzeira que seria fatalmente derrubada pelos novos proprietários. Começamos a imaginar mais uma movimentação de todos os livros, o que exige algum planejamento. Os móveis e demais pertences são embalados e transportados segundo as instruções de minha mulher. Mas os livros dependem totalmente de mim. Só eu sei onde devem ficar. E sofri com esta tarefa nos dois anos que antecederam a mudança.

A dificuldade começava com um novo projeto. Como o terreno, no mesmo bairro, agora em uma rua sem saída, tinha um imenso declive e era bem menor do que o outro, a biblioteca devia ficar no corpo da casa, e não mais isolada, no formato de edícula, tal como a anterior. As negociações com o arquiteto foram longas, pois nos falta o imperativo patronal, até chegarmos a uma lógica completamente adequada para minha aversão ao mundo exterior. A casa ficou com três pisos, o térreo praticamente afundado no terreno, onde estão as salas e as áreas sociais, voltadas para o muro. Na frente, no nível da rua, a garagem, um pequeno escritório para receber as pessoas – que não entrem no resto do imóvel! – e um quarto de visita. Num meio lance, a área íntima, com os quartos, tudo isolado do resto da casa por uma porta. E, no último piso, a biblioteca. Um salão retangular, com uma sacada dando para matos e plantações, que aos poucos vão sendo substituídos por condomínios – essa mania humana de morar em grupos.

Da minha mesa, por meio da porta-vidraça que leva à sacada, vejo árvores e casas ao longe. E mantenho também distância da rotina da família, aumentada com um filho temporão. Eles estão lá embaixo, a um grito. Eu estou aqui com paredes atapetadas de livros. Duas dimensões em uma única construção.

Para este cômodo, farol sempre aceso nas madrugadas, mandamos construir estantes em todas as paredes. Achamos que seriam suficientes para os volumes socados nas antigas prateleiras. Quando estavam prontos os nichos, porque finalizamos antes a biblioteca, comecei o transporte. Fui colocando tudo em caixas de plástico, dessas de compra, e numerando.

O primeiro desafio foi criar uma ordem. As mais abrangentes e mais simples são as adequadas:

Artigo primeiro: a biblioteca terá apenas dois segmentos: literatura nacional e literaturas estrangeiras.

Parágrafo único: literatura de Portugal e de demais países lusófonos entram no grupo da literatura nacional e não no das estrangeiras.

Artigo segundo: não haverá distinção de gêneros textuais.

Artigo terceiro: seguir ordem alfabética do sobrenome, mas sem rigor dentro da letra.

Parágrafo único: isso pode permitir, por exemplo, que BORGES, Jorge Luis fique ao lado de BUKOWSKI, Charles – e que os dois briguem o tempo todo aqui ao meu lado.

Artigo quarto: a ocupação das estantes será em sentido horário.

Parágrafo único: deixar sempre espaços vagos entre as letras.

Comecei o transporte notando diferenças. Algumas letras, como o M, são imensas. Ia arrumando os volumes no novo lar, ainda cheirando a tinta, cola e outros materiais.

Demoraria um bom tempo para o cheiro de papel velho se impor, domesticando aquele cômodo.

Subir vários lances de escada com caixas de livros não é uma tarefa rápida. Assim, esta mudança foi exaustiva. Ao longo da distribuição dos livros nas estantes, percebi que faltariam prateleiras. E tivemos que ocupar o *hall* do piso intermediário das escadas que levam para a biblioteca, instalando ali uma imensa estante preta, onde ficam as últimas letras dos sobrenomes dos autores estrangeiros. Por sorte, deixamos esta e outras áreas que podem ser ocupadas por mais estantes.

Uma biblioteca, ao contrário do que afirmara Don Rigoberto, é um organismo vivo, que vai se ramificando, tomando conta dos cômodos todos. Já vi banheiros, lavanderias e despensas totalmente entulhados de exemplares amados, o que nos dá a certeza de que a imaginação é um universo expandindo mais velozmente do que a realidade.

Nos finais de tarde, vou à sacada e contemplo terrenos baldios, uma chácara, uma pedreira desativada e as casas novas que surgem na região. Pássaros, insetos, um lagarto, uma cobra coral e até um lebrão são meus vizinhos igualmente ariscos.

Gosto de ficar à tarde ali, vendo o sol se por. Mas sei que a sacada não é definitiva. É uma espécie de reserva de espaço para uma futura ampliação da peça-mãe.

Cem Livros que Eu Gostaria de Ter Escrito

Um Passeio pelas Prateleiras

Toda lista de melhores livros é uma cretinice intelectual.

Só quem leu tudo pode fazer estes ranques. E não existe quem tenha lido tudo.

Preferi escolher cem livros que eu gostaria de ter escrito, demonstrando minha admiração a algumas obras – não na condição de crítico, e sim na de escritor.

A linha de corte foi o ano 2000, quando estreei com o romance *Chove Sobre Minha Infância*.

Segui alguns critérios:

1. Devia constar o dia em que terminei a leitura – alguns livros, não apresentando esta anotação, não foram incluídos.
2. Indicaria no máximo dois livros por autor, e só quando o autor fosse muito representativo para mim.
3. Selecionaria títulos de todos os gêneros, desde que pudessem ser lidos como romances.

4. Daria preferência aos livros mais recentes. Apenas quando fosse uma leitura de redescoberta pessoal de uma obra já estabilizada é que eu a indicaria.

Como se poderá ver, tenho mais interesse pelo que alguns escritores escreveram sobre o seu método de escrita do que pela sua literatura propriamente.

Tentei ser honesto com minhas avaliações íntimas dos livros. O que não significa que não tenha cometido injustiça. É da natureza deste tipo de lista ser injusta.

Mesmo assim, esta não é uma biblioteca ideal; é uma biblioteca possível.

18.04.2020 – *Mais Longa Vida* – Marina Colasanti – poesia.
28.03.2020 – *Bênção* – Kent Haruf – romance.
25.02.2020 – *Ensaio sobre o Louco por Cogumelos* – Peter Handke – ficção.
20.01.2020 – *Trilha Sonora para o Fim dos Tempos* – Anthony Marra – contos.
02.01.2020 – *Assombrações* – Domenico Starnone – romance.
30.01.2019 – *Plataforma* – Michel Houellebeq – romance.
14.01.2018 – *Como se Me Fumasse* – Marcelo Mirisola – romance.
07.07.2018 – *A Vida É um Escândalo* – Affonso Romano de Sant'Anna – poesia.
12.09.2017 – *A Filha Perdida* – Elena Ferrante – romance.
24.01.2017 – *Butcher's Crossing*, John Williams – romance.

28.12.2016 – *Falsos Segredos*, Alice Munro – contos.
21.12.2016 – *A Arte do Romance*, Milan Kundera – ensaios.
10.12.2016 – *Enclausurado*, Ian McEwan – romance.
19.11.2016 – *Os Fatos*, Philip Roth – memórias.
14.11.2016 – *Homens Sem Mulheres*, Haruki Murakami – contos.
03.11.2016 – *O Conto Zero e Outras Histórias*, Sérgio Sant'Anna – contos.
04.06.2016 – *Os Diários de Emílio Renzi: Anos de Formação*, Ricardo Piglia – diários.
12.04.2016 – *A Letra Aberta*, Herberto Helder – poemas.
08.03.2016 – *Flores*, Afonso Cruz – romance.
28.07.2015 – *A Grande Fome*, John Fante – contos.
11.07.2015 – *Sobre a Escrita*, Stephen King – ensaios.
31.05.2015 – *Uma Rua em Roma*, Patrick Modiano – romance.
19.05.2015 – *Submissão*, Michel Houellebecq – romance.
08.02.2015 – *Manhã*, Adília Lopes – poemas.
21.12.2014 – *Diário de Inverno*, Paul Auster – memórias.
12.12.2014 – *A Vista de Castle Rock*, Alice Munro – relatos memorialísticos.
07.12.2013 – *A Máquina Tchékhov*, Matéi Visniec – teatro.
24.11.2013 – *Poemas*, Wislawa Szymborska – poemas.
29.09.2013 – *O Testemunho da Poesia*, Czeslaw Milosz – ensaios.
13.08.2013 – *A Irmandade da Uva*, John Fante – romance.
29.04.2013 – *A História de Uma Viúva*, Joyce Carol Oates – romance.

21.08.2012 – *Os Passos em Volta*, Herberto Helder – contos.

09.06.2012 – *Sunset Park*, Paul Auster – romance.

20.05.2012 – *Lance Mortal*, William Faulkner – contos.

11.04.2012 – *Claraboia*, José Saramago – romance.

26.03.2012 – *Por Favor, Cuida da Mamãe*, Kyung-Sook Shin – romance.

27.02.2012 – *Chamadas Telefônicas*, Roberto Bolaño – contos.

07.02.2012 – *A visita cruel do tempo*, Jennifer Egan – romance.

24.01.2012 – *A Cozinha da Revolução*, Ma Jian – romance.

18.01.2012 – *Melhores Poemas*, Ruy Espinheira Filho – poemas.

12.12.2011 – *Perdição*, Luiz Vilela – romance.

05.12.2011 – *Ponto Ômega*, Don Delillo – romance.

25.11.2011 – *Aprendi com Jane Austen*, William Deresiewicz – ensaios.

31.10.2011 – *O Zen e a Arte da Escrita*, Ray Bradbury – ensaios.

16.09.2011 – *Meus Prêmios*, Thomas Bernhard – memórias.

10.08.2011 – *Dublinesca*, Enrique Vila-Matas – romance.

28.07.2011 – *José*, Rubem Fonseca – romance.

14.06.2011 – *Tempo de Boas Preces*, Yiyun Li – contos.

10.06.2011 – *Diário da Queda*, Michel Laub – romance.

08.06.2011 – *O Senhor do Lado Esquerdo*, Alberto Mussa – romance.

10.05.2011 – *Crimes*, Ferdinand von Schirach – relatos.

05.04.2011 – *Lituma nos Andes*, Mario Vargas Llosa – romance.

22.02.2011 – *O Caminho para a Liberdade*, Arthur Schinitzler – romance.

08.09.2010 – *O Museu do Peixe Morto*, Charles D'Ambrosio – contos.
04.09.2010 – *Pedaços de um Caderno Manchado de Vinho*, Charles Bukowski – contos.
27.05.2010 – *Verão*, J.M. Coetzee – romance.
05.05.2010 – *Aforismos*, Karl Kraus – aforismos.
18.04.2010 – *A Morte de Matusalém*, Isaac Bashevis Singer – contos.
12.01.2010 – *A Zona do Desconforto*, Jonathan Franzen – memórias.
25.07.2009 – *Iniciantes*, Raymond Carver – contos.
17.07.2009 – *A Resistência*, Ernesto Sábato – ensaios.
15.05.2009 – *Cadernos de Infância*, Norah Lange – memórias.
07.03.2009 – *A Literatura em Perigo*, Tzvetan Todorov – ensaio.
01.03.2009 – *Coração Andarilho*, Nélida Piñon – memórias.
01.01.2009 – *O Despenhadeiro*, Fernando Vallejo – romance.
07.08.2008 – *Austerlitz*, W. G. Sebald – romance.
25.07.2008 – *Memórias Inventadas*, Manoel de Barros – poesia.
06.07.2008 – *Fantasma Sai de Cena*, Philip Roth – romance.
02.07.2008 – *No Tribunal de Meu Pai*, Isaac Bashevis Singer – romance.
08.03.2008 – *Carta a D.: História de um Amor*, André Gorz – cartas.

25.02.2008 – *Curto Alcance*, Annie Proulx – contos.
24.09.2007 – *A Cada Um o Seu*, Leonardo Sciascia – romance.
19.09.2007 – *Muitas Vozes*, Ferreira Gullar – poemas.
28.08.2007 – *A Estrada*, Cormac McCarthy – romance.
19.08.2007 – *O Filho Eterno*, Cristovão Tezza – romance.
05.05.2007 – *A Trégua*, Mario Benedetti – romance.
28.08.2006 – *Os Detetives Selvagens*, Roberto Bolaño – romance.
21.04.2006 – *A Voz do Escritor*, A. Alvarez – ensaios.
31.03.2006 – *O Último Leitor*, David Toscana – romance.
13.01.2006 – *Sábado* – Ian McEwan – romance.
21.11.2005 – *Eu Receberia as Piores Notícias dos Seus Lindos Lábios*, Marçal Aquino – romance.
30.08.2005 – *Quando as Mulheres Saem Para Dançar*, Elmore Leonard – contos.
09.05.2005 – *Negociando com os Mortos*, Margaret Atwood – ensaios.
28.04.2005 – *Histórias Curtas*, Rubem Fonseca – contos.
25.12.2004 – *A Louca da Casa*, Rosa Montero – romance.
26.11.2004 – *Se Uma Criança Numa Manhã de Verão*, Roberto Cotroneo – ensaios.
31.10.2004 – *Memória de Minhas Putas Tristes*, Gabriel García Márquez – romance.
05.09.2004 – *O Vendedor de Passados*, José Eduardo Agualusa – romance.

05.10.2003 – *Capitu Sou Eu*, Dalton Trevisan – contos.
18.05.2003 – *Um Rio Chamado Tempo, Uma Casa Chamada Terra*, Mia Couto – romance.
25.11.2002 – *Pico na Veia*, Dalton Trevisan – contos.
04.11.2002 – *Lágrimas na Chuva*, Sérgio Faraco – memórias.
04.07.2002 – *A Cabeça*, Luiz Vilela – contos.
02.06.2002 – *O País Sob Minha Pele*, Gioconda Belli – memórias.
28.10.2001 – *Eles Eram Muitos Cavalos*, Luiz Rufatto – romance.
09.04.2001 – *Desonra*, J. M. Coetzee – romance.
05.11.2000 – *Anotações Durante o Incêndio*, Cíntia Moscovich – contos.
21.06.2000 – *Dois Irmãos*, Milton Hatoum – romance.
10.01.2000 – *Nur na Escuridão*, Salim Miguel – romance.
01.01.2000 – *O Caso da Chácara Chão*, Domingos Pellegrini – romance.

Prateleira

ANDRADE, Carlos Drummond de. *Poesia Completa*. Rio de Janeiro, Nova Aguilar, 2002.

ANDRADE, Mario de & Bandeira, Manuel. *Correspondência*. São Paulo, Edusp, 2000.

ANDRADE, Mario de. *Poesia Completa*. Belo Horizonte/São Paulo, Itatiaia/USP, 1987.

BARROS, Manoel de. *Gramática Expositiva do Chão*. Rio de Janeiro, Civilização Brasileira, 1990.

BLOOM, Harold. *Como e Por que Ler*. Rio de Janeiro, Objetiva, 2001.

BLYTH, R. H. *A History of Haiku*. Tóquio, Hokuseido Press, 1963.

BORGES, Jorge Luis. *O Livro de Areia*. São Paulo, Globo, s.d.

CALVINO, Italo. *Por que Ler os Clássicos*. São Paulo, Companhia das Letras, 1993.

CANETTI, Elias. *Auto-de-Fé*. Rio de Janeiro, Nova Fronteira, 1991.

CASARES, Adolfo Bioy. *Borges*. Buenos Aires, Destino, 2006.

DOURADO, Autran. *O Risco do Bordado*. 11ª ed. Rio de Janeiro, Record, 1986.

FADIMAN, Anne. *Ex-libris: Confissões de uma Leitora Comum*. Rio de Janeiro, Jorge Zahar Editor, 2002.

HOLANDA, Sérgio Buarque de. *O Espírito e a Letra*. Companhia das Letras, 1996, vol. II.

JOAQUIM. Edição fac-similar. Curitiba, Imprensa Oficial do Estado, 2001.

LINHARES, Temístocles. *Diário de um Crítico*. Curitiba, Imprensa Oficial do Estado, 2001, vol. I.

LLOSA, Mario Vargas. *Os Cadernos de Don Rigoberto*. São Paulo, Companhia das Letras, 1997.

MACHADO DE ASSIS, Joaquim Maria. 9ª reimpressão. *Obra Completa*. Rio de Janeiro, Nova Aguilar, 1997.

MACHADO, Dyonélio. *Os Ratos*. 10ª ed. São Paulo, Ática, 1986.

MAISTRE, Xavier. *Viagem à Roda de Meu Quarto*. São Paulo, Estação Liberdade, 1989.

MANGUEL, Alberto. *A Biblioteca à Noite*. Trad. Samuel Titan Jr. São Paulo, Companhia das Letras, 2006.

MARTINS, Wilson. "No Processo Civilizatório". *Interpretação de Edson Nery da Fonseca*. Recife, Edições Bagaço, 2001.

MAUGHAM, Somerset. *O Destino de um Homem*. São Paulo, Globo, 2001.

MEIRELES, Cecília. *Poesia Completa*. Rio de Janeiro, Nova Fronteira, 2001.

MIGUEL, Salim. *Eu e as Corruíras*. Florianópolis, Insular, 2001.

MINDLIN, José. *Uma Vida Entre Livros*. São Paulo, Edusp/Companhia das Letras, 1997.

OLIVEIRA, Nelson de. *Naquela Época Tínhamos um Gato*. São Paulo, Companhia das Letras, 1998.

ORTEGA Y GASSET, José. "Misión del Bibliotecario". *Obras Completas*, Madrid, Revista do Occidente, 1983, vol. v.

PACHECO, Luiz. *Diário Remendado*: 1971-1975. Lisboa, Dom Quixote, 2005.

_____. *Figuras, Figurantes e Figurões*. Lisboa, O Independente, 2004.

PAES, José Paulo. "Vida e Poética de W. H. Auden". *Poemas*. Companhia das Letras, 1986.

PELLEGRINI, Domingos. *O Homem Vermelho*. Rio de Janeiro, Civilização Brasileira, 1977.

PESSOA, Fernando. *Poesias*. São Paulo, Companhia das Letras, 2002.

POUND, Ezra. *A Arte da Poesia*. São Paulo, Cultrix, 1976.

_____. *Os Cantos*. Rio de Janeiro, Nova Fronteira, 1986.

QUINTANA, Mário. *Baú de Espantos*. Rio de Janeiro, Globo, 1986.

SANCHES NETO, Miguel. *Chá das Cinco com o Vampiro*. Rio de Janeiro, Objetiva, 2010.

_____. *Chove Sobre Minha Infância*. Rio de Janeiro, Record, 2000.

_____. *Inscrições a Giz*. Florianópolis, Fundação Catarinense de Cultura, 1991.

SCHOPENHAUER, Arthur. *Sobre Livros e Leitura*. Porto Alegre, Paraula, 1993.

SNEGE, Jamil. *Como Eu Se Fiz por Si Mesmo*. Curitiba, Travessa dos Editores, 1994.

SOSSÉLLA, Sérgio Rubens. *A Linguagem Prometida*. Curitiba, Imprensa Oficial do Paraná, 2000.

TOSCANA, David. *O Último Leitor*. Trad. Ana Lúcia Pellegrino e Magali Pedro. Rio de Janeiro, Casa da Palavra, 2005.

TREVISAN, Dalton. *234*. Rio de Janeiro, Record, 1997.

_____. *Cemitério de Elefantes*. 11ª ed. Rio de Janeiro, Record,1997.

_____. *Novelas Nada Exemplares*. Rio de Janeiro, José Olympio, 1959.

UPDIKE, John. *Bem Perto da Costa*. São Paulo, Companhia das Letras, 1991.

Título	Herdando uma Biblioteca
Autor	Miguel Sanches Neto
Editor	Plinio Martins Filho
Produção Editorial	Camyle Cosentino
Capa	Pedro Botton
Revisão	Plinio Martins Filho
Editoração Eletrônica	Camyle Cosentino
Formato	13,5 x 21 cm
Tipologia	Minion
Papel	Supremo DuoDesign 250 g/m² (capa)
	Chambril Avena 80 g/m² (miolo)
Número de Páginas	192
Impressão e Acabamento	Lis Gráfica